Narratori Feltrinelli

Nicolas Barreau
L'amica della sposa

Traduzione di Monica Pesetti

Titolo dell'opera originale
DIE FREUNDIN DER BRAUT

Traduzione dal tedesco di
MONICA PESETTI

Prima edizione ne "I Narratori" maggio 2024

Stampa Grafica Veneta S.p.A. di Trebaseleghe - PD

ISBN 978-88-07-03598-2

FSC
www.fsc.org
MISTO
Carta
da fonti gestite in
maniera responsabile
FSC® C021883

GRAFICA VENETA
CARBON NEUTRAL

Questo libro è stampato da Grafica Veneta S.p.A.
con un processo di stampa e rilegatura certificato 100% carbon neutral
in accordo con PAS 2060 BSI

I versi di Robert Desnos a p. 40 sono tratti da *Ti ho sognato così a lungo*, trad. it. di Pasquale di Palmo, in "Poesia", anno XXV, n. 275, ottobre 2012.
La poesia citata alle pp. 55 e 178 è *Paris at night* di Jacques Prévert, trad. it. di Maurizio Cucchi e Giovanni Raboni, in Jacques Prévert, *Poesie d'amore*, a cura di Nico Orengo, Guanda, Parma 1996.

Alla mia famiglia.
A quelli che ci sono,
e a quelli che non ci sono più.
Siete nel mio cuore.

Le cose migliori della vita accadono per caso.

Giacomo Casanova

1.

Pioveva a dirotto. Me lo ricordo ancora. Quel giorno, quando ricevetti l'invito al matrimonio di Paul, Parigi era praticamente sommersa dall'acqua. Dal mio posto dietro al bancone guardavo i passanti che camminavano in fretta, battagliando con l'ombrello. Quelli che si rifugiavano nel Café des Poètes, il piccolo locale in place du Marché Sainte-Catherine di cui da qualche anno ero il proprietario, lo facevano con uno sbuffo esasperato o un'imprecazione contro "quel tempaccio schifoso" e lasciavano piccole pozze sull'antico pavimento in pietra. Ricordo un cane maculato, con due luccicanti occhioni scuri, che si scrollò ben bene, e l'odore di maglioni umidi, capelli bagnati e pelo grondante che si mescolava all'aroma del caffè appena tostato.

Aprile era arrivato e, come spesso in quel mese, venivano giù acquazzoni durante i quali si aveva l'impressione che il mondo stesse colando a picco, poi spuntava di nuovo un sole scintillante, che splendeva nel cielo azzurro e si rifletteva nelle pozzanghere, e la primavera si insinuava furtiva in tutti i cuori, attirava gli innamorati al Jardin du Luxembourg e strappava un sorriso anche al più scontroso dei misantropi.

Quel fatidico giorno, però, il sole non si fece vedere.

Ricordo che la mattina presto attraversai sotto la pioggia il Marais silenzioso per andare ad aprire il Café des Poètes e che nel tardo pomeriggio, quando abbassai la saracinesca per incamminarmi verso casa, pioveva ancora.

Arrivato in rue Roger Verlomme, Océane mi aspettava davanti al portone per lasciarmi un'altra volta. Océane era la mia compagna, una dolce ragazza bionda che in quei tre anni di tira e molla si era trasformata a gran velocità in una Santippe attaccabrighe a cui non andava mai bene niente. O meglio: niente di quello che facevo io. Litigavamo parecchio, e il suo hobby principale era uscire dal mio appartamento sbattendo la porta.

Océane amava le scene madri e, benché fosse stata lei – con mio sollievo, devo ammettere – a lasciarmi dopo una serie di sfuriate piuttosto sgradevoli, non riusciva a darsi pace e inventava di continuo nuovi pretesti per piombare da me senza preavviso. Una volta voleva riprendersi la sua tazza preferita, che a quanto pareva aveva dimenticato nella mia credenza; un'altra, restituirmi con un gesto plateale la copia delle chiavi che avevo fatto per lei. Dopodiché non mancava di ripetermi che ero un grandissimo idiota, un patetico sognatore, che nessuna donna mi avrebbe sopportato a lungo e che mi sarei pentito amaramente di averla lasciata andare. Amaramente!

Quella sera emerse di colpo dall'ombra del portone, sostenendo che in cantina c'erano delle bottiglie di vino che aveva comprato lei.

"Bottiglie? Quali bottiglie?" sospirai, mentre la pioggia incessante batteva sul selciato.

"Quelle di Châteauneuf-du-Pape che ho preso quando siamo stati ad Avignone. Le rivoglio."

Con un leggero brivido, che non dipendeva dall'aria umida, ripensai al nostro unico viaggio insieme, due anni prima, in Provenza. Faceva molto caldo quell'estate e, invece della lavanda in fiore che già pregustavamo di ammirare, trovammo campi di stoppie falciate. Errore mio, *ça va sans dire*.

Avevo sbagliato i tempi. Avrei dovuto saperlo. Perché eravamo partiti a luglio? Neanche fossi un meteorologo o avessi il potere di influire sul clima dell'Europa occidentale. Poi toccò all'albergo a Villeneuve-lès-Avignon, che avevo prenotato io e naturalmente non era di suo gradimento. La camera con una magnifica vista sul Rodano e sulla città di Avignone? Troppo piccola. Il materasso? Troppo morbido. La spremuta servita la mattina a colazione? Era succo d'arancia industriale. Avignone era piena di turisti inglesi ammassati sul celebre ponte dove, come da filastrocca, *on y danse, on y danse*; a Les Beaux non trovammo parcheggio e fummo costretti a scarpinare fino al borgo; a Roussillon, con le sue pareti rocciose color ocra che si accendevano già da lontano in tutto il loro splendore, mangiammo male; e il giorno che visitammo Arles non c'era il mercato. L'atmosfera era tesa e la colpa era sempre e solo mia.

Océane, imbronciata sul sedile del passeggero, si faceva aria agitando con ostentazione il ventaglio comprato alle bancarelle a Fontaine-de-Vaucluse quando eravamo andati alla sorgente della Sorgue (che, ringraziando il cielo, era turchese e insondabile come sempre) e si lamentava che la mia vecchia Citroën non aveva il climatizzatore. Con i suoi modi da principessina, che mi davano l'impressione di non essere mai alla sua altezza, si sgranchiva con un sospiro distendendo le lunghe gambe affusolate, agitava il bracciale d'oro che le aveva regalato suo padre per il diciottesimo compleanno e raccontava entusiasta dei fantastici viaggi che da adolescente aveva fatto con i genitori – a Biarritz, a Honfleur, a Saint-Tropez.

Océane veniva da una famiglia di professori: il padre era un rinomato studioso di pipistrelli che anticipava ogni singolo desiderio della bella figlia; la madre, una botanica svampita che fondamentalmente viveva per le sue piante; il nonno aveva guadagnato una fortuna come ingegnere navale e inventore. I soldi non erano un problema per i de Rochenais. Océane aveva frequentato le migliori scuole e iniziato vari corsi all'università perché non riusciva a decidersi, era volubile e viziata; se voleva, sapeva essere incantevole, ma durante quel viaggio fu soprattutto una cosa: insopportabile. Quando, dopo due settimane di Provenza, vedemmo spuntare all'orizzonte il profilo di Parigi, ero alquanto rincuorato che la nostra fallimentare vacanza fosse finalmente giunta al termine e che ognuno se ne tornasse a casa sua.

Poteva anche darsi che a Châteauneuf-du-Pape avessimo comprato delle bottiglie di vino rosso, chi se lo ricordava più.

"Ascolta, Océane," dissi. "Controllo in cantina, e se ci sono le tue bottiglie, te le porto, va bene?"

"No, voglio controllare di persona," insistette. "Subito. Le prendo ora. Sono *mie*."

"Sul serio vuoi andare in giro sotto questa pioggia con una cassa di Châteauneuf-du-Pape?" domandai. "È proprio tanto urgente?" Sorrisi conciliante. Si partiva male.

"Risparmiami i commenti stupidi. Mi fai entrare o no?"

Tacqui. A dire il vero speravo in una serata tranquilla e avevo il brutto presentimento che la baruffa sarebbe continuata.

"Ah, quindi non vuoi farmi entrare? Sei veramente inqualificabile, Jean-Pierre, lo sai?"

"Sì, lo so. Non hai fatto che ripetermelo. D'altronde è per questo che non stiamo più insieme. Non potremmo lasciar perdere l'intera faccenda?"

Mi sforzavo di essere gentile, cosa che però fece infuriare ancora di più Océane.

"*Faccenda!* La chiami così, la nostra relazione? Ma ce li hai dei sentimenti? Zotico insensibile," sibilò, e i suoi begli occhi scintillarono di rabbia, ma erano belli lo stesso.

Per un attimo mi tornò in mente il giorno in cui ci eravamo conosciuti, tre anni prima. Océane era venuta al Café des

Poètes e aveva letto stupita i versi di Guillaume Apollinaire, Paul Éluard e Jacques Prévert scritti sulle pareti color petrolio. Poi si era voltata sorridendo.

"Oh, le piacciono le poesie?"

Le brillavano gli occhi. Erano di un blu intenso e vellutato, e quando più tardi mi disse il suo nome, rimasi senza fiato. Océane – sembrava uscito dalla penna di un poeta.

"E a lei piacciono?" avevo chiesto di rimando.

Lei aveva scosso la testa, imbarazzata. "Non me ne intendo molto."

"Possono piacere lo stesso," avevo risposto, e lei mi aveva guardato con ammirazione.

All'epoca mi considerava un uomo colto e raffinato, adesso ero uno zotico insensibile. E il placido oceano era diventato un mare in burrasca.

"A te non interessa mai niente," si infuriò di nuovo. "È una fortuna che ti ho lasciato, una *fortuna*!"

Annuii. Lo pensavo anch'io. Tre anni di infelicità erano abbastanza, non importava quanto belli fossero i suoi occhi.

In realtà faccio fatica a separarmi dalle persone che per me hanno contato qualcosa. Anche quando va contro il buonsenso, spero sempre fino all'ultimo che per miracolo tutto si sistemi. Forse però aspiro solo a evitare il conflitto diretto, tutte quelle lacrime e le litigate. Oppure preferisco che se qualcosa si rompe non sia per colpa mia. Nel profondo del cuore, vorrei che niente finisse: un'amicizia, un amore, la vita in generale. E anche se so benissimo che a volte una cosa deve finire perché possa iniziarne un'altra, mi intristisce il pensiero che ciò che un tempo è stato così bello e familiare di colpo non ci sia più.

Se vogliamo, tendo più a preservare che a bruciarmi allegramente i ponti alle spalle. Mi aggrappo alle persone, cerco spiegazioni. Sono uno che perdona parecchio, mi ripeto sempre che se tizio o caio potesse comportarsi diversamente, di certo lo farebbe.

Ognuno è un mondo a sé, e tutti abbiamo la nostra storia.

Bien, questo discorso rischia di portarci un po' troppo lontano, e non voglio annoiare nessuno con le mie riflessioni. Dico solo che ce ne vuole prima che io rompa definitivamente con qualcuno, tant'è che fino a quel momento avevo troncato di netto i rapporti soltanto una volta, ed era stato con Paul. Naturalmente avevo cancellato dalla mia vita anche Camille, ma su questo torneremo più avanti.

Per quanto riguardava Océane, ero comunque felice che fosse stata lei a mollarmi tra strepiti e recriminazioni. Immagino avesse incontrato un altro e poi la storia fosse finita.

"Dovresti essere contenta di avermi lasciato," dissi non appena interruppe un attimo la sfuriata per riprendere fiato. "È stata un'ottima decisione," aggiunsi arrendevole. "Sono sicuro che presto troverai qualcuno più adatto a te."

"Tu invece no," replicò sprezzante. Poi aprì l'ombrello e se ne andò impettita. "E non ti dimenticare di portarmi le bottiglie."

Ricordo ancora l'enorme sollievo che provai vedendo Océane sparire nella pioggia. Ricordo che entrai nell'atrio del palazzo, svuotai la cassetta delle lettere e poco dopo accesi la luce nel mio appartamento, fuori era già buio. E ricordo che fui sorpreso di trovare tra la posta, insieme a un paio di bollette, una busta elegante.

Mi tolsi le scarpe, andai in cucina per versarmi un bicchiere di vino, poi mi lasciai cadere nella vecchia poltrona di pelle marrone e la mia fida compagna, che mi segue fin dai tempi dell'università, mi accolse con un leggero cigolio. Aprii la busta, curioso, e sfilai la partecipazione stampata su carta a mano che mi invitava al matrimonio di Paul e Marie.

Paul Gérard era stato il mio migliore amico. Non lo vedevo da più di dieci anni, e non perché ci fossimo persi di vista, ma perché lo avevo bandito dalla mia vita. E adesso mi invitava al suo matrimonio, che si sarebbe celebrato a giugno nell'Entre-Deux-Mers, in uno di quei castelli da spacconi in Aquitania.

Rimasi a fissare l'invito, spiazzato. Paul aveva proprio una bella faccia tosta. Corrugai la fronte e bevvi un sorso di vino, mentre la pioggia tamburellava sulla finestra e il mio antico rancore si risvegliava.

Era aprile, pioveva ininterrottamente, e quel giorno l'ultima cosa che mi attirava era passare un fine settimana a un ricevimento di nozze in un castello nell'Entre-Deux-Mers. Non ero in vena di romanticismo né di felicità altrui. Tantomeno quella di Paul Gérard.

Ricordo che diedi un'altra rapida scorsa al cartoncino pieghevole, poi lo misi da parte scuotendo la testa. Non sapevo che, appena poche settimane dopo, quell'invito avrebbe rivoluzionato la mia vita.

2.

Da quando ho memoria, io e Paul siamo sempre stati amici. Abbiamo fatto le elementari insieme e, siccome le nostre famiglie abitavano alla periferia di Bordeaux, la mattina prendevamo lo stesso autobus. Paul era costantemente in ritardo. Io mi piazzavo davanti alla porta posteriore per impedire che si chiudesse, e l'autista mi gridava a squarciagola di lasciare libero il passaggio, finché Paul arrivava sparato da dietro l'angolo, correva alla fermata con lo zainetto che gli ballonzolava sulle spalle e all'ultimo minuto saltava sulla pedana.

"Grazie," ansimò il primo giorno, mentre l'autobus partiva con uno scossone. "Per un pelo." Alzò al cielo gli occhi marroni in una smorfia divertita e si scostò dalla fronte i capelli scuri. "Mi hai salvato. Madame Bonvin ha detto che, se faccio tardi un'altra volta, mi mette in castigo." Poi mi guardò con un gran sorriso. "Come ti chiami?"

"Jean-Pierre."

"Io sono Paul," si presentò, dandomi la mano con fare solenne. "Hai voglia di venire in piscina con me dopo la scuola, Jean-Pierre?"

Accettai, e in quel momento nacque la nostra amicizia.

Scorrazzavamo insieme per le strade del quartiere e in seguito del centro storico di Bordeaux, vivendo le piccole e grandi avventure che si vivono da bambini, quando il mondo è ancora magico e pieno di segreti da scoprire. Facevamo lunghe scorribande, tentavamo senza successo di imparare a pescare e diventammo perfino fratelli di sangue, ispirati da alcuni vecchi western che avevamo visto a casa di Paul, nella tavernetta adibita a home cinema. Ogni tanto il sabato sera rimanevo a dormire da lui, nell'enorme e splendida villa che i suoi genitori, proprietari di un mobilificio fuori Bordeaux, avevano arredato con tavoli e canterani di ciliegio lucidi come specchi, tanto che veniva voglia di passarci sopra la mano. Equipaggiati di limonata, patatine e sacchi a pelo, ci rintanavamo nel seminterrato a guardare film finché non ci si chiudevano gli occhi.

A tredici anni, nascosti dietro la casetta nel giardino dei miei, fumammo la nostra prima sigaretta e iniziammo a tossire talmente forte che mio padre, che insegnava alle superiori e nel fine settimana scriveva i suoi libri di pedagogia, ci sentì dallo studio e scese preoccupato per vedere se stavamo bene. Di fronte alle nostre facce pallide, scoppiò a ridere. "Ah, avete fumato," disse soltanto. Mio padre era fatto così. Non alzava mai la voce. Olivier Morel era convinto che i bambini dovessero fare le loro esperienze.

Alle medie facevamo i dispetti alle ragazze, che ci apparivano come creature venute da un'altra galassia, che parlavano una lingua incomprensibile, che ci disorientavano ma al tempo stesso ci provocavano uno strano turbamento. Andavamo in campeggio in un parco naturale sulla foce della Gironda e la sera ci sdraiavamo sotto il cielo stellato, a farci domande sull'immensità dell'universo.

"Credi che anche lassù in questo momento ci siano due amici che guardano il cielo?" chiesi, indicando una stella proprio sopra le nostre teste che splendeva più delle altre. L'aria profumava di aghi di pino, di terra e un po' anche di mare, e al cospetto di quello sconfinato arco blu scintillante che si tendeva all'infinito mi sentivo minuscolo come un granello di sabbia. Ma anche al sicuro, perché Paul era accanto a me. Era tutto così vasto e silenzioso che per un attimo fu come se fossimo le uniche due persone al mondo.

"È possibile," rispose Paul dopo un po'. "Ma se i nostri doppi guardassero la Terra da lassù, vedrebbero una stella azzurra. O meglio, un pianeta. La Terra è un pianeta."

"Prévert dice che la Terra è una stella," commentai assorto.

In quel periodo avevo scoperto le poesie di Prévert nella libreria di mio padre. Mi era capitato tra le mani quel sottile volumetto verde scuro e, sfogliandolo, mi aveva rapito. Non immaginavo potesse esistere qualcosa di tanto bello.

"Chi è Prévert?" chiese Paul.

"Un poeta."

"A-ha. Be', in ogni caso si sbaglia," replicò lui, per niente impressionato. "La Terra è un pianeta e non una stella, perché non brilla di luce propria. Solo le stelle lo fanno, capito?" Mi colpì con un finto pugno alle costole. "Diglielo, al tuo Prévert."

"Non mancherò."

Ridemmo, e restammo distesi all'aperto, con le stelle che ci ruotavano intorno, e piano piano scivolammo nel sonno, mentre l'umidità delle prime ore del giorno si posava lenta su di noi.

Al tempo non sapevamo ancora che a modo suo Jacques Prévert aveva ragione. In determinate circostanze, che avevano a che fare con le creature venute da un'altra galassia, anche la Terra poteva emanare luce come una stella.

Al liceo copiavamo passandoci i compiti a vicenda. Paul è sempre stato un asso della matematica, soprattutto la geometria era il suo forte, e presto mostrò anche uno spiccato talento per il disegno; io invece ero bravo con le lingue straniere e leggevo tantissimo. Eravamo molto diversi, ma ci completavamo alla perfezione: Paul, basso, moro, vivace e intraprendente; io, alto, biondo, fantasioso e un po' sognatore. Eravamo come Jules e Jim, eravamo inseparabili, una cosa sola. Parlottavamo testa contro testa, costruivamo castelli in aria, facevamo grandi progetti. Non avrei mai creduto che un giorno la nostra amicizia potesse finire.

E poi, dopo le vacanze estive che Paul aveva trascorso con me, mia sorella maggiore Laurence e i miei genitori sulla Côte d'Argent, dove ci eravamo gettati tra le onde spumeggianti con le nostre tavole da surf, eravamo saliti tutti insieme sulla Dune du Pilat, la duna più alta d'Europa, e lassù avevamo rubato una manciata di sabbia fine per ricordo, la Terra era diventata davvero una stella.

Al penultimo anno di liceo, nel nostro universo fece il suo ingresso una ragazza che rubò il cuore di entrambi. Fissammo incantati l'apparizione con i lunghi capelli biondo grano, che il nostro professore ci presentò come la nostra nuova compagna di classe. Delphine de la Tour era la ragazza più bella che avessimo mai visto, o perlomeno così ci sembrò allora. Illuminava l'intera aula, con il suo vestito celeste senza maniche cosparso di piccole margherite e gli occhi chiari in cui sembrava riflettersi la Côte d'Argent. Quando il professore finì di parlare, Delphine, con le guance rosse, andò a sedersi al posto che le era stato assegnato, a un'estremità dei banchi disposti a ferro di cavallo. Le sue ciglia erano incredibilmente lunghe; quando alzò lo sguardo, incontrò due occhi marroni e due occhi azzurri e sorrise.

"Wow! Non dobbiamo lasciarcela scappare," bisbigliò Paul, dandomi un colpetto con il gomito. Non riuscii a trattenermi e ridacchiai.

"Cosa c'è di tanto buffo, Jean-Pierre?" intervenne il professore con un'occhiata severa nella mia direzione. "Perché non fai divertire anche noi?"

"Io... ehm... ho il singhiozzo," spiegai, e mi premetti la mano sulla bocca per fermare in qualche modo quella stupida ridarella.

Dopo la lezione stabilimmo un piano per riuscire a conquistare la bellissima Delphine. Era chiaro che la vittoria sarebbe potuta andare a uno solo di noi due, ma all'inizio volevamo unire le forze, perché naturalmente la nuova arrivata, che veniva da Parigi, aveva risvegliato anche l'interesse dei nostri compagni. Nell'intervallo sciamarono tutti in cortile e si misero a ronzare intorno alla ragazza con il vestito celeste, cercando di attirare la sua attenzione.

"Per prima cosa dobbiamo sbarazzarci di loro," stabilì Paul. "Poi vediamo."

Concordai. Mi rendevo conto perfino io che con una ragazza così non c'era tempo da perdere.

"Potremmo invitarla da qualche parte," riflettei. "Chiediamole se dopo la scuola vuole venire in gelateria con noi."

"Buona idea," approvò Paul, e contammo i nostri averi, che messi insieme erano giusti giusti per tre coppe.

Appena suonò la campanella, andammo ad aspettare Delphine al cancello della scuola. Vedendo che le andavamo incontro con aria decisa, inarcò sorpresa le sopracciglia, ma quando Paul le propose di prendere un gelato insieme e io, estasiato da tanta bellezza, balbettai che la Coupe Paradis della Maison du Glacier a Bordeaux era da sogno, sorrise.

"Oggi non posso, mi dispiace," disse, osservando per un lungo momento le nostre facce deluse. "Forse domani." Si tirò indietro i capelli con un gesto civettuolo e ci mollò lì.

La guardammo allontanarsi piena di grazia, una creatura eterea circonfusa dalla luce dorata del sole di settembre che sembrava passarle attraverso, finché la sua silhouette si dissolse nello sfarfallio delle ombre disegnate degli alberi.

"Un vero schianto," commentò Paul con un fischio di ammirazione.

"Sì, è meravigliosa," dissi, continuando a fissare incantato il punto in cui Delphine era uscita dalla nostra visuale.

Forse la sventura cominciò proprio allora. Di certo, in quel momento fu posata la prima pietra della predilezione quasi iconica per le donne bionde che abbiamo sviluppato io e Paul, e che alcuni anni dopo avrebbe provocato la rottura tra di noi.

Ma non lo immaginavamo ancora, in quel soleggiato giorno di settembre, mentre scherzavamo e facevamo gli scemi, felici che il nostro piano avesse funzionato.

"Non è andata male," considerò Paul con un sorriso soddisfatto, quando ci incamminammo verso casa. "Ha abboccato, fidati. Me lo sento."

"Se lo dici tu," replicai ridendo, e sperai con tutto il cuore che fosse vero. "Ma ha detto *forse*, non te lo dimenticare."

"Non sai niente delle donne, amico," concluse Paul. "Ha detto forse *domani*. Se non avesse voluto, avrebbe detto forse *un'altra volta*."

Aveva ragione. Il pomeriggio seguente eravamo seduti tutti e tre alla Maison du Glacier, e Delphine mangiava di gusto il suo gelato da una grande coppa, rivolgendo la propria attenzione ora all'uno ora all'altro dei suoi zelanti cavalieri. Devo dire che elargiva il proprio favore in maniera molto equa. Paul la riempiva di complimenti, che lei accettava con sorrisetti maliziosi, mentre io la facevo ridere con le mie storielle e le lanciavo sguardi galeotti.

Il passo successivo del nostro brillante piano prevedeva di invitarla al cinema. "Portiamola all'Utopia," disse Paul, e io lo fissai scettico.

Il Cinéma Utopia era una lussuosa *salle d'essai* nella *vieille ville* di Bordeaux, che programmava grandi classici, film d'autore e pellicole indipendenti, in pratica il contrario dei blockbuster che in genere guardava Paul. Era stato ricavato all'interno di un'antica chiesa, l'Église Saint-Siméon, elemento di per sé fuori dal comune, e bastava attraversare il portale gotico per avere l'impressione che, proiettato lì, qualunque film avrebbe avuto un tocco in più.

Ero già stato all'Utopia qualche volta, soprattutto perché

mia madre era una vera patita di cinema e fin da piccolo mi trascinava a vedere film che in certi casi andavano oltre la mia comprensione di bambino.

"*La signora è di passaggio*, sei sicura? Pensi che sia adatto?" le domandava mio padre mentre uscivamo di casa. Lei però rimaneva impassibile di fronte alle sue remore: "Un buon film non ha mai fatto male a nessuno" era il suo motto. In realtà mia madre insegnava pianoforte al conservatorio, ma il cinema era la sua risposta a tutti i contrattempi della vita. Se pioveva, andava al cinema. Se aveva un problema, andava al cinema. Se papà doveva lavorare di domenica, andava al cinema. Appena il sipario rosso si alzava e si faceva buio in sala, le brillavano gli occhi. "Inizia!" sussurrava eccitata, stringendomi la mano.

Di conseguenza, avevo visto parecchi film che un ragazzino di dodici, tredici o quattordici anni non necessariamente va a vedere. Rientravano nel repertorio *Fino all'ultimo respiro*, *Léon* e *Delitto in pieno sole*, ma anche *Il tempo delle mele*, *Orfeo*, *L'amico della mia amica*, *Il raggio verde*, *Giochi proibiti* e *Hiroshima mon amour*, e naturalmente *Il disprezzo*, *Lo spione* e *Il favoloso mondo di Amélie*.

Non dico che capissi proprio tutto – gli abissi e le tragedie umane, la complessità dell'amore o del diventare adulti, gli ambienti malfamati dei piccoli criminali, la vita in tempo di guerra, nel regno degli inferi o su una splendida isola come Capri –, però qualcosa mi rimaneva comunque, magari anche solo frasi come "Non chiedetemi perché", "Bisogna scegliere. Vivere… o morire", oppure "Una donna deve respirare".

Per un po' durante le vacanze estive non mi sono perso un tramonto. Seduto in riva al mare, strizzavo gli occhi e fissavo fino a esserne abbagliato il disco rosso fuoco che calava all'orizzonte, nella speranza di scorgere almeno una volta quel magico raggio verde che conduce al lieto fine il destino degli innamorati nel film di Éric Rohmer.

Le tante ore trascorse al cinema con Maman mi avevano

forgiato. Non ero certo un esperto del settore, ma per la mia età conoscevo piuttosto bene il panorama della cinematografia francese. Le donne erano sempre belle, squinternate o misteriose. Gli uomini erano sempre aitanti, scanzonati, brillanti o con una simpatica faccia da *boxeur* come Jean-Paul Belmondo. E tutti non facevano che fumare.

"E perché vorresti andare all'Utopia?" chiesi a Paul. In fin dei conti ero io quello che teneva alta la bandiera della cultura, lui guardava esclusivamente film d'azione, tutto il resto lo annoiava. "*Je veux dire*, da quando ti interessano i cinema d'essai?"

"Da sempre." Mi strizzò l'occhio. "All'Utopia è buio, ci sono morbide poltroncine rosse e ce ne stiamo seduti lì per un bel po'. In altre parole: il posto perfetto per entrare in confidenza, non ti pare?"

"Ha parlato Casanova," ribattei corrugando la fronte, infastidito dalla sua spavalderia. Al contrario di me, Paul non sapeva neanche cosa fossero i dubbi. Era il classico tipo che prima agisce e poi riflette. Con un sospiro, mi chinai sul giornale per controllare la programmazione.

"Dammi retta, è un'ottima idea. Delphine apprezzerà. Non lo sai che le ragazze adorano andare al cinema?"

Feci cenno di sì, lasciandomi sfuggire un gemito. Già, chi poteva saperlo meglio di me.

Paul mi mise una mano sulla spalla, girò la testa per guardarmi in faccia e sorrise magnanimo. "Scegli tu il film."

Come la prima volta, Delphine ci lasciò penare con la sua tattica del "domani no, forse dopodomani", ma alla fine si dichiarò disposta ad accettare il nostro invito. Senza che lei se ne accorgesse, Paul sollevò il pollice e mosse le labbra in un muto "Evvai!", e quel sabato eravamo seduti nelle comode poltroncine del cinema *d'antan*, Paul alla destra e io alla sinistra della nostra diletta, e guardavamo *Les Enfants du Paradis*. Dopo la paradisiaca coppa gelato nella più bella gelateria di Bordeaux, ero felicissimo della mia scelta, e il titolo di quella vecchia pellicola in bianco e nero, che non avevo ancora visto, mi sembrò di buon auspicio. Invece la storia era più sconsolata di quanto mi fossi aspettato. Un carosello di struggenti anime perse, che per tutto il tempo si amano all'insaputa l'una dell'altra.

Mentre Paul si stava visibilmente annoiando e cambiava posizione ogni due minuti, si appoggiava a Delphine, le metteva la mano sul braccio, le sussurrava all'orecchio qualcosa che la faceva ridere a bocca chiusa, io sedevo immobile accanto a lei, gli occhi fissi sullo schermo, e seguivo con il batticuore la tragica storia di Baptiste, un mimo senza un soldo, e del suo amore impossibile per la bella attrice Garance, contesa tra uomini facoltosi e molto attraenti di cui però lei non è innamorata. La scena finale, con Baptiste che barcolla disperato in cerca di Garance in mezzo alla folla festosa durante un carnevale di strada, era straziante. Sbirciai di sottecchi Delphine, che si asciugava commossa una lacrima. Quando si accorse del mio sguardo, sorrise imbarazzata. A un tratto la sentii vicina e trovai il coraggio di stringerle la mano per confortarla. Era sottile e gelida.

Dopo il film ci fermammo a bere una limonata nel *bistrot* annesso al cinema. Fuori faceva ancora caldo, i tavoli sul marciapiede davanti all'antico muro della chiesa erano quasi tutti occupati. Leggermente frastornati dalla cupa tristezza del film, ci mescolammo a quell'animata allegria. Paul, spaparanzato sulla sedia, iniziò a prendere in giro lo sventurato Baptiste, che avrebbe fatto meglio a dichiararsi anziché soffrire in silenzio e recitare le sue lacrimevoli pantomime; io invece lo difendevo con foga, rimproveravo al mio amico di non capire niente dell'amore né dell'arte cinematografica e intanto cercavo di portare Delphine dalla mia parte.

"È un meraviglioso esempio di speranza e gioia di vivere

nonostante le difficoltà," pontificai, e Delphine annuì, guardandomi colpita.

"Hai detto una cosa bellissima."

"Ma sentitelo, il grande Pierre-Pierrot!" si intromise subito Paul. "Il nostro animo sensibile. A dire il vero, io tutta questa gioia di vivere non l'ho vista. Sinceramente ho riso di più altre volte."

Si voltò verso Delphine con una smorfia buffa e scimmiottò Baptiste, muovendo su e giù davanti al viso la mano aperta e sollevando o abbassando gli angoli della bocca. Delphine scoppiò a ridere, reazione che lo spronò a continuare il suo spettacolo.

"Non sai neanche chi è Jean-Louis Barrault," dissi.

"No, infatti," replicò serafico Paul.

"Era un attore e un grande mimo, e il suo ruolo nel film di stasera lo ha reso celebre in tutto il mondo."

Avevo di nuovo l'attenzione di Delphine, perciò raccontai nei dettagli i retroscena che conoscevo grazie a mia madre. Delphine pendeva dalle mie labbra, e Paul, tagliato fuori, attendeva la sua prossima occasione.

Era uno strano scontro amichevole quello che stavamo disputando, seduti all'aperto in place Camille Jullian, mentre ci lanciavamo in animate discussioni davanti al Café Utopia illuminato. In definitiva, entrambi volevamo solo fare colpo su Delphine, Paul con la sua disinvoltura, io con le mie conoscenze da cinefilo.

Alla fine non la conquistò nessuno dei due, e forse per la nostra amicizia fu la cosa migliore. Poco tempo dopo quel sabato al cinema, di punto in bianco Delphine iniziò a frequentare un tizio più grande, che studiava all'università e venne a prenderla a scuola in moto. Noi, con i nostri sedici anni, non potevamo certo competere con uno così.

Guardammo sconcertati la nostra beneamata, che ci salutò sorridendo e attraversò di corsa il cortile per gettarsi al collo del fortunato davanti al grande cancello del liceo. Poi montò in sella, si sistemò il casco sui capelli biondi, allacciò le braccia intorno alla vita del ragazzo e se ne andarono rombando, lasciandoci allibiti.

Paul si accese una sigaretta, aspirò un lungo tiro e buttò fuori il fumo.

"Però, chi lo avrebbe mai detto. Che sfiga!"

Annuii.

"C'eravamo quasi," riprese lui dopo un po'. "Mancava tanto così." Avvicinò pollice e indice lasciando solo un minuscolo spazio.

"Be', a quanto pare mancava molto di più."

"No, invece. Per un pelo." Paul alzò gli occhi al cielo, e io rividi il bambino che correva con lo zaino che gli ballonzolava sulla schiena e all'ultimo momento saliva sull'autobus. "In ogni modo, il nostro era un grande piano."

"Come no. Non siamo arrivati nemmeno alla fase tre."

"È uguale. Valeva la pena tentare." Sogghignò. "E comunque per te non cambia niente, *mon ami*. Tanto avrebbe scelto me."

"Continua a sognare!" replicai, ripensando a Delphine che al Cinéma Utopia si asciugava gli occhi cercando di non farsi notare e alla nostra affinità spirituale. "Ero molto più adatto io. Ma ora è inutile continuare a parlarne, sta insieme al tizio con la moto, e noi siamo rimasti a mani vuote." Serrai le labbra, amareggiato. "Ci ha presi in giro."

Paul buttò la sigaretta e la spense con il piede.

"Ma chi se ne importa!" esclamò, mettendomi un braccio sulle spalle. "Non essere triste, Pierre-Pierrot. Il mondo è pieno di belle ragazze, e questo è solo l'inizio."

3.

Parigi fu una rivelazione. Anche se Bordeaux era comunemente considerata la seconda capitale della Francia, perché in diverse guerre aveva ospitato il governo della Grande Nation; anche se vantava uno dei vini più pregiati, di cui i bordolesi andavano giustamente fieri; anche se da bambino niente mi emozionava di più che attraversare il Pont de pierre, il maestoso ponte in pietra e mattoni sulla Garonna con le sue diciassette arcate rosse che, nella credenza popolare, corrispondevano al numero di lettere che compongono il nome Napoléon Bonaparte; anche se all'inizio a volte mi mancavano l'odore del mare e la costa infinita dell'Atlantico Meridionale... Parigi mozzava il fiato.

Arrivai, e fu amore a prima vista.

Amavo le luci, che la sera si riflettevano sulla Senna mentre coppie di innamorati si baciavano sulle sponde; il Louvre illuminato che vigilava sulla città, incrollabile come una fortezza; i parchi dove si poteva dimenticare il tempo, seduti con un libro e un bicchiere di vino a un tavolinetto rotondo di metallo sotto i castagni secolari; gli *arrondissements* così diversi tra loro, che non mi stancavo mai di esplorare; le piccole botteghe, le *pâtisseries*, i *cafés* e le *brasseries*; i vicoletti tortuosi di Montmartre e i grandi *boulevards* di Saint-Germain, affollati di persone eleganti che andavano sempre di fretta; i chioschi di giornali in stile Art Déco e le colonne per le affissioni; le ragazze con le sciarpe pesanti d'inverno e i vestiti leggeri e gli orecchini colorati d'estate; le chiese, i musei e la Tour Eiffel, che tutte le sere inviava segnali luminosi nello spazio, come se volesse dire "Guardate! Questa è Parigi! Qui, sulla Terra che è una stella".

Osservavo tutte le cose che i parigini non vedevano più da tempo. Che fortuna, vivere in una città come quella. Notavo ogni dettaglio, felice, e lo assorbivo con voracità. Attraversavo ogni ponte e mi sedevo in ogni *café* che trovavo. Passavo ore sul quai de la Tournelle a rovistare tra le *boîtes* verdi dei *bouquinistes* piene di vecchi libri e cartoline. La domenica andavo al mercato degli uccelli sull'Île de la Cité, e sarò stato almeno cento volte da Shakespeare and Company, l'incredibile libreria stipata fino al soffitto ricordata in tante opere letterarie. La sera gironzolavo tra i piccoli locali dell'animato Quartier Latin oppure sceglievo un jazz club a Saint-Germain.

Sì, Parigi era ancora una festa mobile, anche a distanza di decenni da quando Hemingway frequentava con gli amici scrittori il Café de Flore, Les Deux Magots, la Brasserie Lipp e Le Dôme, o il Dingo Bar e La Coupole a Montparnasse. Passeggiando per le strade sentivo lo spirito della letteratura venirmi incontro. Le ragazze mi sorridevano. Parigi accendeva dentro di me una carica vitale che non avevo mai provato. Ero euforico e pieno di energia, mi girava la testa per tutte le possibilità che quella città sembrava offrirmi.

E lo stesso valeva per Paul.

Dopo il liceo, avevamo deciso di trasferirci insieme a Parigi per studiare all'università. La scintillante metropoli ci chiamava, il sud-ovest della Francia ci appariva irrimediabilmente antiquato. Eravamo giovani e volevamo lasciare l'Aquitania alla volta della capitale, là dove venivano create le nuove tendenze. Ma trovare una sistemazione a prezzi accessibili era pressoché impossibile. Mia nonna, Isabelle Morel, la madre di mio padre, dopo la morte del marito era tornata a Parigi, dove era nata e dove viveva la sua cugina preferita, Cécile, vedova anche lei. Mamie naturalmente fu felice quando seppe che volevo iscrivermi alla Sorbonne, ma il suo appartamento nel Marais era troppo piccolo – in ogni caso non abbastanza grande per ospitare due ragazzi che volevano anche spassarsela –, tuttavia promise di chiedere in giro. Per i primi tre mesi, ci prestò casa un collega del padre di Paul, che in quel periodo si trovava in India. Era in place des Abbesses, praticamente con vista sul celebre *mur des je t'aime*, un muro in parte rivestito di piastrelle blu trasformato in una gigantesca lavagna con scritto *Ti amo* in duecentocinquanta lingue e dialetti del mondo.

Dalla mattina presto iniziava il pellegrinaggio dei turisti, che si mettevano in posa e scattavano raffiche di foto. Paul, affacciato alla finestra, scuoteva la testa facendo battute sarcastiche. Gli sembrava tutto eccessivamente sdolcinato, e io gli davo ragione, ma in un certo senso mi piaceva, perché almeno dimostrava che l'amore non passa mai di moda.

Anche se non sempre andavamo d'accordo, era divertente abitare con Paul e scoprire la città insieme a lui. Stavamo bene e, per quanto fossimo diversi, eravamo sulla stessa lunghezza d'onda. Nessuno dei due era particolarmente portato per le faccende domestiche, in compenso eravamo parecchio bravi a spendere e arrivavamo a fine mese con i centesimi contati.

Fin da subito Paul aveva le idee chiare su come sarebbe stato il suo futuro. Aveva scelto Architettura, e già al primo anno ebbe un lampo di genio (parole sue): dopo la laurea, avrebbe riprodotto monumenti famosi per clienti ricchi, dal ponte giapponese nei celebri giardini di Monet a Giverny alla Pagode de Chanteloup.

“Oltre che essere ricchi, devono avere un giardino molto grande,” replicai ridendo, ma Paul non perse l’entusiasmo.

“In giro di giardini enormi ce ne sono quanti ne vuoi. Guarda la Dordogna. E comunque si possono costruire anche più piccoli, l’importante è il concetto.”

Io invece mi ero iscritto a Lettere, una facoltà che corrispondeva alle mie inclinazioni, anche se non sapevo bene quali sbocchi lavorativi avrebbero potuto avere i libri e la letteratura. Al primo semestre frequentai il corso Introduzione alla poesia francese, e lo stupore che avevo provato a quattordici anni, quando presi a caso la raccolta di Prévert dalla libreria di mio padre, si trasformò in passione. Leggevo tutto quello che mi capitava: Voltaire, Victor Hugo, Charles Baudelaire, Paul Éluard, Louis Aragon, Robert Desnos – rimasi molto scosso dalla sua *J’ai tant rêvé de toi*, soprattutto quando seppi che aveva continuato a scrivere anche mentre era prigioniero in un campo di concentramento. E ovviamente lessi Jacques Prévert che, come me, si sedeva spesso a bere un bicchiere di vino al Jardin du Luxembourg, in compagnia del suo cane e di un giornale. Amavo la bellezza della lingua dei poeti e le immagini suggestive con cui davano voce all’animo umano. In pochi versi sapevano ricreare l’intero universo delle emozioni, permettendoci di cogliere la profonda verità non detta racchiusa tra le righe.

Per me una poesia rappresentava la via più breve per arrivare al cuore di qualcuno. Naturalmente, però, non tutti avevano la stessa predisposizione. Di certo Paul non ce l’aveva. Secondo lui esistevano modi migliori per fare breccia nel cuore delle persone. E, non occorre specificarlo, intendeva il cuore delle donne.

“I fatti contano più delle parole,” diceva con il sorriso di chi la sa lunga. Poi mi raccontava della sua nuova fiamma.

Natalie era una delle poche ragazze del suo corso. Da quando eravamo all'università, Paul non faceva che lamentarsi di aver scelto la facoltà sbagliata.

"Tu sì che sei fortunato, Jean-Pierre. A Lettere sono quasi tutte donne," ripeté per la centesima volta. "Hai soltanto l'imbarazzo della scelta. Io invece devo farmi in quattro per trovarne una."

"Oh, poverino... Ora mi commuovo."

"Non serve, manca poco alla fase tre," mi strizzò l'occhio. Era decisamente su di giri. "Natalie è una tipa parecchio tosta, ma è bionda come un angelo." Mi mostrò una foto, orgoglioso. "*Pas mal, non?* Di' la verità, non dispiacerebbe neppure a te portartela a letto."

"In effetti no. Solo che presto non ce l'avremo più, un letto. Tra due settimane Monsieur Bernard torna dall'India, e dovremo sloggiare. Sarà meglio che ci inventiamo qualcosa in fretta. Concentriamo le nostre energie nella ricerca di un'altra sistemazione. E ci toccherà anche dare una bella ripulita a questo posto."

Paul fece scivolare lo sguardo sulle pile di stoviglie in precario equilibrio nel lavello, e sulla moquette cosparsa di giornali, sacchetti di patatine vuoti e cartoni della pizza.

"Mi sa proprio di sì."

Pochi giorni dopo – credo che nel frattempo la fase tre fosse iniziata, perché Paul aveva passato la notte fuori – Natalie gli fece notare un annuncio *à l'ancienne*, affisso nella bacheca davanti alla mensa. Era un foglio a quadretti formato A4, con tante striscioline a strappo nella parte bassa su cui era scritto il numero che chiunque fosse interessato a una camera nel Quartier Latin poteva chiamare. Senza tanti complimenti, Paul staccò direttamente tutto l'annuncio e telefonò. Rispose una signora anziana, che lui non faticò ad abbindolare. Non ci sentiva tanto bene, disse la donna, cercava un inquilino tranquillo e che non portasse ragazze a casa.

"Nessun problema," gridò Paul. "Però le mie sorelle possono venire a trovarmi, vero?"

La povera malcapitata ci cascò: *mais bien sûr*, la famiglia era la famiglia, purtroppo lei era vedova, e suo figlio viveva in Canada. Così, la sera stessa, Paul prese possesso della sua stanza in rue Maître Albert.

Ebbi fortuna anch'io. Mamie, che ogni tanto la domenica mi invitava a pranzo, aveva chiesto alla cugina Cécile – che conosceva una persona che conosceva una persona che le aveva detto qualcosa –, e due giorni prima che Monsieur Bernard rientrasse dall'India avevo rimediato una minuscola mansarda in rue Chanoinesse, una stradina subito dietro Notre-Dame.

Con mia grande gioia, la nuova casa era a pochi passi da Shakespeare and Company: mi bastava attraversare la Senna su pont au Double ed ero arrivato. Meglio di quanto sperassi. Inoltre, *pour finir en beauté*, ero anche vicino a Paul. Ci separavano solo quindici minuti a piedi e il pont de l'Archevêché, uno dei più stretti di Parigi. Forse però non solamente quelli.

In ogni modo, quella sera brindammo alle nostre due camere e alla bella vita che stava per iniziare.

Mentre Paul procedeva spedito negli studi, dimostrando con i suoi progetti un'ambizione di cui non lo avrei mai ritenuto capace, io avevo cominciato anche a lavorare in una libreria indipendente nel Quartier Latin. Mi piaceva così tanto che accarezzai l'idea di diventare libraio. Sognavo che un giorno avrei avuto *une petite librairie* tutta mia come quella di Monsieur Pascale. E un'intera parete sarebbe stata dedicata esclusivamente alla poesia.

"Ci pensi bene, giovanotto," mi consigliò Monsieur Pascale, quando gliene parlai. "Temo che le piccole librerie non abbiano futuro. Il nostro non è quello che si definisce un settore florido. Le conviene finire l'università."

"Ma io amo i libri," protestai. "E le persone amano le storie. Perché mai all'improvviso dovrebbero smettere? Sono fermamente convinto che continueremo a leggere libri anche fra cento anni."

Monsieur Pascale era un vecchio signore saggio. Sorrise e non replicò. Quanto a me, per il momento continuai a studiare.

Io e Paul ci vedevamo ancora spesso e insieme ci divertivamo moltissimo. Natalie era già storia antica, a casa sua era un viavai di ragazze, e di sicuro l'anziana proprietaria si chiedeva quante sorelle avesse il suo inquilino. Probabilmente però, dato che erano tutte bionde e Madame Legrand portava occhiali spessi, le veniva il dubbio che fosse sempre e soltanto una.

Anch'io avevo avuto due o tre *liaisons*, ma niente di troppo impegnativo. A quei tempi la vita era semplice ed eccitante, non ci annoiavamo mai, giuravamo di restare scapoli almeno fino ai quarant'anni e quando la sera uscivamo a fare baldoria eravamo una coppia imbattibile: Paul, piuttosto basso e intraprendente, che con i suoi capelli scuri e nonostante gli occhi marroni somigliava ad Alain Delon da giovane, e io, l'amico più alto, biondo e un po' sognatore con gli occhi azzurri.

Opposti e complementari, per quanto diversi fossimo in fatto di donne i nostri gusti coincidevano: ci piacevano le bionde. Era incredibile, e a volte anche un po' fastidioso, ma succedeva sempre così. Come quella volta con Delphine. Appena entravamo in un locale, notavamo entrambi la stessa ragazza. All'inizio ci scherzavamo su e, in una specie di *gentlemen's agreement*, non ci facevamo avanti, lasciando l'eventuale prima mossa alla prescelta. Era una specie di gioco tra di noi, a un certo punto però la cosa smise di essere divertente, e la rivalità aumentò.

Soprattutto da parte mia, devo ammettere, perché nella maggior parte dei casi Paul era il più veloce dei due. Sinuoso come una pantera nera, si avvicinava alla preda mentre io, un leopardo dallo sguardo innocente, sorridevo rigirando l'oliva nel mio Martini.

Certo, a volte le donne preferivano il leopardo dallo sguardo innocente, e allora la serata andava bene per me, ma in genere, nel tempo in cui io stavo lì a riflettere, il mio amico aveva già concluso e alla fine era lui a rimediare il numero di telefono.

Confesso che la situazione iniziò a diventare pesante, ero sempre più scocciato e alla lunga ne ebbi abbastanza di fare il terzo incomodo. Le nostre uscite serali diventarono meno frequenti, davo la colpa al lavoro in libreria oppure agli esami da preparare, e credo che Paul non si accorgesse nemmeno che lo stavo evitando. Del resto anche lui doveva studiare, così ci vedevamo per una *salade au chèvre* o una *tartine* e un bicchiere di vino alla Palette, un accogliente *bistrot* per artisti in rue de Seine in cui andavamo volentieri.

E poi, durante le vacanze di fine semestre, conobbi Camille, una stupenda ragazza dagli occhi viola. In una fredda giornata di fine gennaio, che non aveva nulla da offrire tranne un cielo grigio e un accenno stentato di neve, entrò nella piccola libreria di Monsieur Pascale, elegante e leggera come Julia Roberts in The Travel Bookshop a Notting Hill. Solo che Camille era bionda come il sole e io non ero Hugh Grant. Ciononostante, quando me la vidi davanti all'improvviso rimasi folgorato proprio come William, il personaggio del film. Non c'era molto movimento, quel giorno: sfogliavo il supplemento letterario del "Figaro" seduto alla cassa e alzai a malapena gli occhi sentendo tintinnare la campanella sopra la porta. Un attimo dopo lei era lì, e il mio cuore si fermò. Cercava un libro specifico e rovistò nella borsa pescando un foglietto di carta.

"Avete *Il barone e il guardacaccia*?" chiese, fissandomi con i suoi occhi luminosi da sotto il basco azzurro. Aveva le guance arrossate dal freddo e sul cappotto di lana si scioglievano un paio di acquosi fiocchi di neve.

"Scusi? Oh... sì, sì, certo. Dovrebbe essere... Glielo prendo subito..." risposi, balzando in piedi. Naturalmente avevamo il romanzo di François Vallejo, che era anche stato selezionato al Prix Goncourt. Mi era capitato sotto gli occhi proprio in quei giorni, dove lo avevo messo?

In preda alla confusione, mi muovevo su e giù davanti agli scaffali sforzandomi di apparire il più professionale possibile. Passavo l'indice sui dorsi allineati mormorando "Un attimo solo...", ma quello stupido libro non ne voleva sapere di saltare fuori.

Quel giorno Monsieur Pascale aveva una visita medica, perciò ero solo in libreria. Tornai alla cassa e controllai sul computer, mentre la ragazza con il basco si muoveva lentamente intorno ai due tavoli di fronte alla vetrina per curiosare tra le novità.

"Mmh. Eppure dovremmo averne ancora una copia." Mi strinsi nelle spalle e cercai di fare lo spiritoso: "A meno che non l'abbiano rubata".

Lei sorrise. "Davvero c'è gente che ruba *libri*?" domandò incredula.

"Sì, ogni tanto succede."

Prese un volume dal tavolo, se lo rigirò tra le mani e lo rimise dov'era. Chiaramente non si capacitava che qualcuno rischiasse una denuncia per il furto di un libro.

Poi mi guardò.

"E lei? Lei ha mai rubato un libro?"

"*Moi? Non.*" Scossi la testa ridendo. "Cioè, non avrebbe senso, considerato dove lavoro."

La ragazza con il basco continuava a spostarsi tra i tavoli, scrutandomi con attenzione.

"Non ha l'aspetto di un libraio."

"Ah no?" Non sapevo bene come interpretare il suo giudizio: era un complimento o dubitava della mia competenza? Mi chinai in avanti e appoggiai le braccia sul piano di legno. "Che aspetto ha un libraio?"

"Be'..." Rifletté per qualche secondo. "Un po' fuori dal mondo. Non troppo curato. Sì, insomma, vagamente sciatto." Inclinò la testa di lato. "Mingherlino, con pesanti occhiali di corno e un maglione di lana liso sui gomiti. Lei non ha *le physique du rôle*, è troppo bello," scherzò.

Lusingato, raddrizzai la schiena mettendo in evidenza il petto muscoloso, poi abbassai uno sguardo fintamente colpevole sul pullover Fred Perry blu che mi aveva regalato Mamie per Natale e le mostrai i gomiti.

"Mi rincresce deludere le sue aspettative."

"*Il n'y a pas de quoi.* È molto meglio così."

Mi piacevano i suoi modi sfrontati.

"Forse dipende dal fatto che in realtà non sono un libraio. Non ancora, almeno. Studio Lettere alla Sorbonne e ogni tanto do una mano qui."

"Ah, ecco perché," commentò lei, e ridemmo entrambi.

"Che facciamo con il romanzo di Vallejo?" chiese infine.

"Posso ordinarlo. Arriva domani."

Mi complimentai con me stesso per la mia prontezza di spirito. In quel modo, se non altro, mi avrebbe lasciato nome e numero di telefono.

Lei scosse la testa, desolata.

"Purtroppo mi serve oggi. È un regalo. Per mia sorella."

"Oh. Capisco. Mi dispiace."

Eccome, se mi dispiaceva.

"Nessun problema. Grazie comunque per la disponibilità." Mi salutò con un cenno e si voltò per andarsene. Dopo qualche passo si bloccò di colpo. "Guardi un po'!" Prese un libro dal tavolo e lo tenne sollevato. "Eccolo qui!" rise felice.

"*Mon Dieu!*" esclamai, battendomi il palmo della mano sulla fronte. "Deve essere finito per sbaglio tra le ultime uscite."

La raggiunsi in fretta, presi il libro e feci lo scontrino. Lei non la smetteva di ringraziarmi e, quando le consegnai la busta di carta e le nostre dita si sfiorarono, sentimmo una piccola scarica elettrica che ci fece trasalire. Ci fissammo stupiti.

"*Oh là là!* Cosa è stato? Mi ha dato la scossa?"

"Non ne ho idea," risi, per mascherare l'imbarazzo.

Ovvio che le avevo dato la scossa. Ero elettrizzato.

E poi presi il coraggio a due mani e le chiesi se le andava di vederci per un caffè quando staccavo.

"Potremmo andare alla Fourmi Ailée," proposi, il cuore che martellava talmente forte da far tremare la terra.

Lei sorrise, mi guardò con quei suoi occhi viola e non disse oggi no, forse domani o dopodomani o un'altra volta.

Disse semplicemente di sì.

Non riuscivo a credere che fosse stato così facile.

Due settimane dopo ero follemente innamorato. In ogni donna bionda che incrociavo per strada, vedevo Camille. Lavorava in una boutique in rue de Rennes, ogni tanto durante la pausa pranzo faceva un salto in libreria e chiacchieravamo o mangiavamo qualcosa alla Fourmi Ailée.

Pensavo a lei giorno e notte. Era il mio sogno più bello, e non volevo svegliarmi; fantasticavo su mille cose, che speravo con tutto me stesso diventassero realtà.

Camille aveva rotto con il suo ragazzo solo pochi mesi prima e mi fece capire di aver bisogno di tempo.

"*Pas de problème*," assicuravo euforico. Mi andava bene tutto, pur di stare insieme alla ragazza con il basco azzurro. "Prenditi tutto il tempo del mondo. Ti bastano cento anni?"

"Anche troppi, mi accontento di sessanta," ribatteva lei a tono, poi ci immaginavamo arrancare con il deambulatore nel Jardin du Luxembourg e ci sganasciavamo dalle risate.

Lo vedevo come un buon segno. In ogni caso facevamo già progetti per il futuro. Be', sì, non nego che speravo che il nostro amore si concretizzasse in tempi più brevi, ma non volevo metterle troppa fretta. Per il momento l'importante era stabilire fiducia e crearci delle possibilità.

Le parlavo dei libri che amavo, della mia aspirazione di aprire una libreria a Parigi, di Apollinaire, di Prévert e di Éluard e degli scaffali che avrebbero avuto tutti per loro.

"Deve essere bello riuscire a entusiasmarsi così tanto per qualcosa," diceva lei, e mi guardava con occhi dolci. Eppure, più la desideravo e più diventavo impacciato. Con Camille volevo fare tutto nel modo giusto.

Una volta la invitai a cena, un'altra andammo alle Tuileries e, mentre passeggiavamo, lei mi prese a braccetto con estrema naturalezza. Salimmo sulla Tour Eiffel con il vento gelido che ci fischiava nelle orecchie e arrivammo in cima senza fiato, sbuffando verso il cielo piccole nuvolette bianche. Era tutto molto poetico. Mi fece pensare a *La soupe et les nuages* di Charles Baudelaire e immaginai che il nostro respiro condensato contenesse tutte le parole non dette. Poi allungai la mano e cercai di afferrare le nuvole di Camille, lei rise e cercò di afferrare le mie, poi mi diede un rapido bacio sulla bocca e si voltò a guardare la città. Era inverno, e tutta Parigi era ai nostri piedi.

Paul non sapeva molto della mia recente felicità in amore. Trascorreva le vacanze a casa, sarebbe andato a sciare con i genitori in Val d'Isère e poi doveva finire di scrivere una tesina. Ci sentimmo per telefono un paio di volte e gli raccontai di lei, penso che durante quelle conversazioni tra Parigi e le Alpi francesi una parola su due sia stata Camille. Gliela decantai a tal punto che Paul scoppiò a ridere, dicendo che doveva essere proprio una ragazza speciale.

"Infatti," confermai con foga. "Vedrai."

"È bionda?" mi stuzzicò divertito.

"Come un campo di grano."

"Ora sono curioso. Il prossimo fine settimana torno e me la presenti."

"Volentieri. Le ho parlato tanto di te, non vede l'ora di conoscerti."

"*Très bien*," disse Paul. "L'hai già portata al cinema?"

"Oh, Paul, tu e i tuoi vecchi trucchetti!"

"I miei vecchi trucchetti sono sempre i migliori."

Due giorni dopo invitai Camille al cinema. Andammo al Cinéma Le Saint-Germain-des-Prés, vicino al Bonaparte, dove cenammo in tempo per l'ultimo spettacolo. Ero al settimo cielo di averla tutta per me per l'intera serata. Guardammo il film – sinceramente non ricordo più quale –, ma ci baciammo prima che i titoli di coda scorressero sullo schermo.

Poi la accompagnai a casa. Ci eravamo presi per mano e passeggiavamo trasognati lungo le strade deserte. Abitava sopra un negozio di fiori in rue Racine, dietro place de l'Odéon, con la sorella Béatrice e, in un certo senso, se ci eravamo conosciuti lo dovevo a lei. Ci salutammo con un bacio, e Camille sgattaiolò dentro il portone.

In quella gelida sera di gennaio camminavo a un metro da terra, senza accorgermi del freddo, senza accorgermi di niente, era davvero come volare.

Quando arrivai nella mia stanzetta in mansarda, mi sedetti al tavolo sotto la finestra, presi la stilografica e un foglio di carta e scrissi la poesia di Robert Desnos.

J'ai tant rêvé de toi que tu perds ta réalité...

E mentre scrivevo, vedevo il viso sorridente di Camille, sognato così a lungo, perdere la sua natura reale e svanire nell'oscurità.

Dopo gli stupendi versi finali, in cui Desnos dice di aver sognato talmente tante volte la donna amata, di aver camminato, parlato e dormito talmente tante volte con il suo fantasma che non gli resta che essere un fantasma lui stesso, *e cento volte più ombra dell'ombra che passeggia e passeggerà allegramente sul quadrante solare della tua vita*, terminai commosso la mia lettera firmandomi "il tuo Jean-Pierre, che non smette di sognare e di sperare".

Animato dal sentimento che solo la notte sa infondere, piegai il foglio e lo infilai in una busta. Il giorno dopo avrei spedito la poesia a Camille. Mi sembrava un gesto molto romantico. Poi però non ebbi la pazienza di aspettare, feci di nuovo tutta la strada fino al palazzo in rue Racine, attesi che entrasse qualcuno e lasciai scivolare la busta nella cassetta della posta.

La reazione di Camille alla mia lettera fu un po' contenuta per i miei gusti.

"Che bella poesia," disse quando ci vedemmo, e mi venne il dubbio di averle fatto troppa pressione con il mio slancio di euforia. Ma subito dopo mi baciò, dicendo qualcosa come "Sei proprio dolce", e mi rassicurai.

Il fine settimana successivo Paul tornò a Parigi e ci incontrammo tutti e tre alla Palette. Ricordo ancora le parole esatte con cui li presentai.

"Lui è il mio migliore amico," dissi a Camille, che lo osservava con un'espressione indefinita. "E lei… lei è Camille!"

La cinsi con un braccio e la sentii irrigidirsi per un attimo, probabilmente, immaginai, perché imbarazzata. Paul le sorrise: "*Enchanté*". Era abbronzato e in forma smagliante. Insistette perché fossimo suoi ospiti e fece i complimenti a Camille per l'abito di velluto che indossava quella sera. L'apprezzamento che notai nello sguardo del mio amico mi riempì di orgoglio. Ero così felice di avere accanto le due persone più importanti della mia vita che non vidi arrivare la catastrofe. Che razza di idiota.

Restammo alla Palette fin dopo mezzanotte, a bere e a parlare. O meglio, più che altro parlava Paul. Raccontò delle *vacances d'hiver* sulle Alpi e dei suoi ambiziosi progetti da futuro architetto.

Camille, seduta al mio fianco, non partecipava granché alla conversazione. Ogni tanto pensavo con un certo timore che Paul non le fosse molto simpatico. Forse lo considerava uno spaccone. Ma quando lui le versò di nuovo il vino rovesciandogliene addosso la metà, lei disse solo "*C'est pas grave*", si asciugò il vestito con il tovagliolo e gli sorrise prima di andare alla toilette.

Paul la guardò allontanarsi, poi si voltò verso di me.

"*Mon Dieu*, non stavi esagerando, Jean-Pierre. È proprio uno schianto. Sono senza parole. Quegli occhi! Hai visto che occhi?"

"Certo che li ho visti, scemo."

Bevve un sorso di vino. "Non è che per caso ha una sorella?"

"Ebbene sì, ce l'ha. Si chiama Béatrice, ma non è il tuo tipo." E godendomi la sua delusione rincarai: "In più pratica arti marziali".

"Ah. Peccato," concluse Paul con un'alzata di spalle. "Bel

colpo, vecchio mio. Vedo che abbiamo ancora gli stessi gusti," ammiccò con aria maliziosa, e sorrisi anch'io, era il suo modo per congratularsi con me, ma subito dopo ebbi un brutto presentimento.

"Toglitelo dalla testa," misi in chiaro, metà per scherzo e metà sul serio. "Sta' lontano da Camille, ci siamo intesi? Lei no. Non Camille."

Lui mi strinse il braccio. "Niente paura, fratello. Camille è sacra."

Poco più tardi eravamo fuori dal *bistrot*, e la pioggia tamburellava sulla tenda che riparava l'ingresso. Era notte fonda, e avevamo bevuto qualche bicchiere di troppo.

"Che splendida serata, *mes amis*," mormorò Paul, alticcio. "Dobbiamo organizzare presto un'altra uscita, ma ora devo proprio andare a letto." Fissò la strada, su cui si erano già formate piccole pozzanghere. "Accidenti, se viene giù," constatò.

Vidi Camille stringersi nelle spalle tremando di freddo, e la vide anche Paul.

Era l'unico ad avere l'ombrello.

"Vi do uno strappo fino a casa," annunciò, mentre lo apriva. "Benvenuti a bordo dell'Umbrella-Express."

Ci stringemmo ridendo sotto il suo grande *parapluie* a quadri, Paul nel mezzo, io a braccetto da un lato e Camille dall'altro. Camminammo lungo boulevard Saint-Germain scintillante di pioggia e accompagnammo Camille, che in rue Racine ci salutò con un bacio sulle guance. Poi proseguimmo verso rue Maître Albert, dove Paul aveva ancora la sua stanza in affitto dall'anziana Madame Legrand. Augurai la buonanotte al mio amico, tirai su il bavero del cappotto e feci il breve tragitto fino all'Île de la Cité sotto l'acqua.

Davanti a Notre-Dame, tre cupi rintocchi di campana risuonarono nella piazza deserta. Quando poco dopo mi infilai sotto le coperte, il mondo girava ancora per il verso giusto.

Andò come doveva andare. Tempo tre giorni e Paul mi soffiò Camille – o comunque fu ciò che pensai all'epoca –, e la nostra amicizia naufragò. Quella volta aveva oltrepassato ogni limite e tagliai definitivamente i ponti con lui, che non si sentiva neppure in colpa per come si era comportato.

Quando Camille mi confessò che stava con Paul – l'avevo chiamata diverse volte, preoccupato perché dopo la nostra serata alla Palette non avevo più avuto sue notizie –, rimasi esterrefatto.

"Non essere arrabbiato, Jean-Pierre," disse. "Io..."

Ma a quel punto avevo già riattaccato.

Fuori di me dalla rabbia, mi precipitai in rue Maître Albert e bussai talmente forte che perfino Madame Legrand, dura d'orecchio, si affacciò spaventata sul pianerottolo per chiedere se fosse successo qualcosa di grave.

"Grave è il minimo," tagliai corto, e lei si portò una mano al petto.

"*Mon Dieu*," ansimò sconvolta. "Spero non si tratti di una delle sorelle di Monsieur Gérard."

"Monsieur Gérard non ha nessuna sorella," replicai, e l'anziana signora mi fissò confusa.

"Si sbaglia, Monsieur, ne ha un mucchio, e tutte incantevoli. Vengono a trovarlo spesso. Sa, per lui la famiglia è al primo posto." I suoi occhi grigio chiaro erano commossi.

"Certo, come no," brontolai, chiedendomi se Paul avesse già invitato anche Camille spacciandola per sua sorella.

"Apri, Paul, lo so che ci sei!" gridai, bussando ancora.

La porta si dischiuse di uno spiraglio, la spalancai piombando all'interno e mi ritrovai davanti Paul, che cercò di difendersi alzando le mani. La sua espressione diceva tutto, evidentemente Camille lo aveva avvertito.

"Calmati, Jean-Pierre, ti prego."

"Non ci penso nemmeno." Lo incenerii con lo sguardo.

"Siediti, parliamo. Vuoi un caffè?"

"Ma quale caffè! Hai bevuto, per caso? Ti rendi conto di cosa hai fatto?"

"Niente... Non ho fatto assolutamente niente," assicurò con aria candida indietreggiando per sicurezza, poi allargò le braccia come un angelo della pace.

"Io non volevo, Jean-Pierre."

"Tu non volevi?!" sibilai tra i denti. Ero l'ira di Dio, e quello era il giudizio universale. "*Tu non volevi?* È la cosa più stupida che abbia mai sentito. Avevi messo gli occhi su Camille già alla Palette. Avevi detto che era uno schianto." Dalla disperazione mi sfuggì un lamento strozzato e mi passai la mano tra i capelli.

"Dovevo immaginarlo... Dovevo immaginarlo!"

"La smetti di ripetere tutto due volte?" commentò Paul, che nel frattempo si era ripreso dallo shock iniziale. "D'accordo, Camille è bellissima, non lo nego, ma non è stata colpa mia. Sul serio." Si interruppe per un istante. "In realtà non è..."

"Sì?" lo incalzai, spazientito.

"Non è come pensi."

Gemetti. "Non sai dire niente di meglio?"

"Ti sto solo dicendo la verità. Che ci posso fare se domenica sera me la sono trovata davanti alla porta di casa?" domandò, stringendosi nelle spalle.

"Camille è venuta da te?" Mi ci volle qualche secondo per elaborare quell'informazione. "E va bene, ma avresti dovuto mandarla via. Sei mio amico, no? Quindi avresti dovuto mandarla via."

"*Mais pourquoi donc?* Ha detto che tra voi due non c'era niente."

"Ah sì? Al limite, *non ancora*. Non fare il finto tonto, Paul, sai benissimo quanto conta Camille per me. E comunque non avrebbe mai detto una cosa del genere."

Ero furibondo. Camille mi aveva tradito, Paul mi aveva tradito. Ne avevo abbastanza.

"Ti avevo avvisato: LEI NO! NON CAMILLE!" scandii, avvicinandomi minaccioso.

"*Je sais, je sais.*" Paul fece un altro passo indietro. "Però questa volta non ho iniziato io, Jean-Pierre, sul serio. L'ho fatta entrare, e un attimo dopo mi si è gettata al collo. E che diamine, non la finiva più di baciarmi! Mi ha preso in contropiede."

Mi fissò con occhi innocenti, e a un tratto si ricordò qualcosa: "Di' un po', ma è vero che le hai scritto delle poesie?". Sulle sue labbra si disegnò un sorrisetto ironico. "*Oh, mon pauve Pierrot!* È ovvio che non ha funzionato. *Poesie!*"

Scosse la testa con indulgenza, e mi accorsi che d'istinto avevo serrato le mani. Non solo mi tradiva, mi compativa anche. Ci mancò poco che gli mollassi un pugno in faccia, invece lo diedi contro la parete.

"Ma almeno ti ascolti quando parli? *Mi ha baciato lei, non sapevo cosa fare*," lo scimmiottai. "Mi prendi per un'idiota? Potevi dire di no!"

"Sarà. Ma era dura," sospirò, illudendosi di impietosirmi.

"Ti capisco, specialmente con una ragazza come Camille!" commentai con una risata amara.

"E poi pioveva a dirotto. Avrei dovuto cacciarla con quel tempo da lupi? Non sono mica un mostro senza cuore," concluse, alzando di nuovo le mani in un gesto conciliante.

"Sì, è esattamente quello che avresti dovuto fare," non cedetti di un millimetro. "Se fossi un vero amico, lo avresti fatto." Lo fissai in silenzio. "Ma sai una cosa, Paul?" Nei suoi occhi si accese un barlume di speranza, e fui felice di affossarlo di colpo. "Va' al diavolo. Con te ho chiuso."

"Oh, andiamo, Pierrot... Non essere così melodrammatico..." cercò di minimizzare.

"Non sto scherzando, Paul. Ti sembro masochista? Questa è l'ultima volta che mi porti via una ragazza. E non chiamarmi Pierrot, non lo sopporto. Non farti mai più vedere né sentire. Ora basta. Tutto ha un limite. Dillo anche alla tua Camille. Statemi alla larga, tutti e due!"

Guardai il viso costernato di Paul, i suoi occhi che mi fissavano, sbigottiti e spaesati. Poi girai sui tacchi e uscii sbattendo la porta con tanta forza come se volessi buttare giù tutta la casa.

La porta di fronte si aprì lentamente e Madame Legrand sbirciò circospetta sul pianerottolo. "*Mon Dieu*," sussurrò spaventata. "Cos'è stato? È scoppiata una guerra?"

"Sì, è scoppiata una guerra," risposi infuriato. "Ma non si preoccupi, lei è al sicuro, Madame Legrand. Ho solo discusso con il suo inquilino."

L'anziana signora si ricompose all'istante e mi lanciò un'occhiata di rimprovero mentre le passavo davanti e imboccavo le scale.

"Ma le sembra questo il modo? Spaventarci così!" Ovviamente prese subito le difese di Paul. "Il povero Monsieur Gérard... Se non riesce a comportarsi da persona civile, Monsieur, è meglio che non torni," mi gridò dietro.

"Non c'è pericolo," replicai a tono. "Non tornerò. Con il *povero* Monsieur Gérard ho chiuso."

4.

Da giovani si dicono con leggerezza parole categoriche come "mai" o "sempre"; crescendo, invece, si capisce che nella vita le cose non sono solo bianche o nere, ma che esistono infinite sfumature. Ci si rende conto che non è possibile fare previsioni, che tra "per sempre" e "mai più" ci sono molti momenti – belli e brutti –, che a conti fatti sono di gran lunga più importanti dei pronostici finali. Tutto scorre, e gli esseri umani non sono statici e immutabili: finché vivono e respirano, cambiano modo di pensare e di sentire, e ciò che oggi appare inconcepibile domani può diventare realtà – nel bene e nel male.

Naturalmente la mia saggia nonna lo sapeva già allora, quando le raccontai inviperito del "vile tradimento" di Paul e conclusi sentenziando che non volevo vederlo mai più. Lei sorrise comprensiva e mi allungò una *tartelette aux framboises* con un ricciolo di panna su un raffinato piattino in porcellana di Limoges. Quella era la panacea universale di Mamie, la sua cura per ogni calamità, grande o piccola. Per fortuna vicino al suo appartamento in place des Vosges c'era una magnifica *pâtisserie* che, secondo lei, faceva le *tartelettes aux framboises* migliori di Parigi.

"Ah, ragazzo mio," esordì con cautela, mentre rimestavo truce i lamponi e frantumavo il guscio di frolla rivestito di cioccolato. "*Mai* è una parola grossa. Ho settant'anni suonati, e se c'è una cosa che ho imparato nella vita è mai dire mai. Non è finita finché non sei dentro una bara." Ammiccò sorniona. "E forse neppure allora." Affondò con grazia la forchetta nel dolce, ne staccò un pezzetto e masticò deliziata. "L'unica certezza è che queste *tartelettes* sono squisite."

"No, Mamie," la corressi scuotendo la testa. "È una certezza anche che con Paul ho chiuso."

"*On verra*," commentò placida. "Ma non dovresti arrabbiarti così. Non si può vivere con il cuore pieno di rabbia."

"Non è mica una mia scelta," brontolai.

"Passerà."

Parlammo ancora per un po', seduti nel bovindo del suo piccolo salotto. Poi guardammo in silenzio il cielo aprirsi e un raggio di sole spuntare tra le nuvole.

"Qualunque cosa succeda, cerca di conservare sempre un lembo di cielo sopra la tua vita," disse Mamie, che sapeva trovare le parole giuste al momento giusto. Mi rivolse un sorriso incoraggiante e inarcò le sopracciglia. "È di Proust. *Incroyable, non?* Lo vedi, anche la persona più depressa è incline alla speranza."

Mia nonna era molto colta. E questa bellissima frase, alla quale ripensai spesso, fu la prima che tanti anni dopo scrissi all'interno del Café des Poètes.

Nel frattempo erano trascorsi dieci anni buoni dal nefasto giorno in cui avevo piantato in asso Paul nel suo appartamento in rue Maître Albert, e non avevo davvero più avuto contatti con il mio amico.

Per un po', all'inizio, aveva provato a telefonare e a suonare alla mia porta, mi aveva lasciato messaggi e perfino scritto una lettera, in cui diceva che dovevamo assolutamente incontrarci e chiarire a quattr'occhi la faccenda.

Io però non avevo alcuna voglia di chiarire. Da una compagna dell'università avevo saputo che lui e Camille stavano insieme, e facevo volentieri a meno di vedermi sbattere in faccia la loro felicità. Chiuso nel mio rancore, ignorai tutti i suoi tentativi di riavvicinamento. Non risposi al telefono, non aprii la porta, evitai La Palette e tutti i posti che frequentavamo prima. E a un certo punto Paul smise di cercarmi.

Devo ammettere che mi mancava, in fondo eravamo legati da anni di amicizia, e mentirei se dicessi che sono andato avanti come se nulla fosse. Mi tornavano in mente i suoi modi spavaldi e scanzonati che tanto ammiravo, ma subito dopo mi dicevo che erano stati proprio quei modi a farmi rompere con lui. Paul non prendeva mai niente sul serio, credeva di potersi permettere qualunque cosa ed era convinto che nessuno potesse avercela con lui.

Nei primi mesi, quando camminavo nel Quartier Latin, immaginavo di incontrarlo per strada. In effetti è sorprendente che non ci siamo più incrociati pur abitando così vicini. In primavera mi sembrò di vederlo al Jardin du Luxembourg. Passeggiava abbracciato a una ragazza che certamente non era Camille, ma non si accorse di me, e alla fine mi venne il dubbio di essermi sbagliato.

Trovai nuovi amici, e dopo un po' anche una nuova ragazza. Poco alla volta i ricordi del nostro tempo insieme a Parigi sbiadirono.

Prima di laurearmi avevo iniziato un corso di formazione per librai, ma il mio sogno di aprire una libreria specializzata in poesia non era destinato a realizzarsi. Quando Monsieur Pascale morì mi sarebbe piaciuto prendere il suo posto, ma i proprietari non vollero rinnovare il contratto di affitto. Credo che oggi, dove prima c'era la Librairie Pascale, abbia aperto un negozio Princesse Tam-Tam. A quanto pare, la *lingerie* vende più della letteratura.

Da parecchio non abitavo più nella mansarda sull'Île de

la Cité e mi ero trasferito nel Marais, dove avevo avuto la fortuna di trovare un appartamento abbordabile. Era al piano rialzato di un vecchio palazzo labirintico, e sul retro si nascondeva una piccola corte interna tutta mia, un luogo incantato pieno di piante e fioriere che raggiungevo dalla cucina scendendo tre gradini di pietra. Nell'ampio soggiorno una scala a chiocciola portava al bagno, alla camera da letto e a un ripostiglio dove avevo stipato alcuni scatoloni di cianfrusaglie varie. Dopo la minuscola stanzetta in rue Chanoinesse, mi sembrava di vivere in una reggia, e la mia libreria, che occupava mezzo soggiorno, si arricchiva sempre di più. Le sere d'estate, quando mi sedevo fuori con un libro e un bicchiere di *pastis*, mi sentivo in paradiso.

Ogni tanto andavo a trovare i miei, e durante una di quelle visite mia madre accennò che dopo l'università Paul era tornato a Bordeaux e faceva l'architetto. Aveva aperto uno studio di successo e, tra le altre cose, realizzava riproduzioni di monumenti celebri per committenti esclusivi, come aveva sempre voluto.

Io invece ero rimasto a Parigi. Parigi era la mia città, a Parigi pulsava il cuore della cultura, e niente mi avrebbe riportato in Aquitania per più di un paio di settimane di vacanza al mare.

Dopo la morte di Monsieur Pascale, per qualche anno avevo lavorato in una libreria a Saint-Germain, finché non si era vista costretta a chiudere per mancanza di clienti ed era stata rimpiazzata da un *café* alla moda di nome Ma joie végétalienne, dove andavano a ruba veggie burger a prezzi stratosferici. Evidentemente, bisognava riconoscerlo senza invidia, era quella la formula vincente. Il locale era sempre affollato, e ai lunghi tavoli sotto le enormi lampade industriali nere si assembravano i clienti che invano avevamo atteso in libreria e che, a quanto pareva, preferivano mettere mano al portafoglio per un pranzo vegetariano all'ultimo grido. Nulla in contrario contro i veggie burger, però era triste lo stesso.

Non avevo perso il mio amore per la letteratura e, nonostante gli alti e i bassi, feci tesoro del consiglio di Mamie, cercando di conservare un lembo di cielo sopra la mia vita.

Ormai mia nonna andava per gli ottanta, una volta al mese mi invitava a pranzo in qualche ristorante esclusivo che sceglieva per l'occasione e parlavamo degli ultimi libri che avevamo letto, anche lei era una grande lettrice.

"Hai preso da me, Jean-Pierre," ripeteva spesso, fiera.

E un giorno, poco dopo che la libreria a Saint-Germain era stata costretta a chiudere, mangiando la sua *crème brûlée* disse *en passant*: "Monsieur Clément ha sentito che a breve metteranno in affitto un locale a uso commerciale in place du Marché Sainte-Catherine".

Monsieur Clément era il *concierge* dello splendido palazzo in cui abitava Mamie e sembrava conoscere vita, morte e miracoli del Marais. Inoltre venerava mia nonna come se fosse la principessa Anastasia e, appena la vedeva comparire nell'atrio, si precipitava fuori dalla guardiola.

"*Bonjour Madame Morel!*" esclamava festoso. "Come sta? Oggi è proprio una bella giornata, *n'est-ce pas*?" Oppure: "Oggi promette pioggia, non dimentichi di prendere l'ombrello o si bagnerà e rovinerà le sue belle scarpe". Lusingata, mia nonna si fermava a parlare un po' con lui – di solito del tempo, che è sempre un eccellente argomento di conversazione, ma anche delle voci che erano giunte a Monsieur Clément. Nel caso specifico, gli era giunta voce di un locale in affitto che presto si sarebbe liberato.

"Forse potrebbe interessarti," aggiunse Mamie.

"Mmh," feci. A dire il vero, dopo il tracollo delle due librerie in cui avevo lavorato, galleggiavo in una specie di limbo, e l'aspirazione di aprirne una si era drasticamente ridimensionata.

Mi appoggiai allo schienale e pensai ai miei magri risparmi. "E come farei con l'affitto del locale?"

"Oh, non preoccuparti per quello," ridacchiò mia nonna, agitando la mano. "Ho da parte un gruzzoletto."

"E non devi toccarlo," protestai.

"Cosa vuoi che me ne faccia? Tra poco avrò ottant'anni, ormai non viaggio più. Consideralo un prestito, me li restituirai quando la libreria avrà ingranato."

Scoppiai a ridere. "Ci manca solo che butti via i tuoi soldi per me."

Lei frugò nella borsa elegante e tirò fuori una chiave, che mi sventolò sotto il naso con aria vittoriosa. Aveva già organizzato tutto a mia insaputa.

"Sei davvero incredibile, Mamie."

"Dici?" commentò con un sorrisetto malizioso. "Be', non vogliamo dare un'occhiata alla tua nuova libreria? Se la fortuna fa piovere dal cielo le chiavi del paradiso, bisogna aprire la porta."

"Quale grande poeta lo ha detto?"

"Io."

Poco dopo eravamo davanti al locale in affitto, con le finestre tappezzate dall'interno di fogli di giornale. Mamie mi consegnò la chiave, io aprii ed entrai in una stanza vuota di circa sessanta metri quadrati, con un bancone di legno scuro in fondo. I muri non erano intonacati, e uno spesso strato di polvere ricopriva le piastrelle bianche e nere del pavimento. Camminai su e giù per un po', guardandomi intorno. Passai la mano sulle pareti, alzai gli occhi ai lampadari che pendevano ancora dal soffitto e mi voltai verso le tre grandi finestre con i giornali che impedivano di vedere fuori. All'improvviso mi sembrò di essere in uno di quei vecchi film che da bambino guardavo con mia madre al Cinéma Utopia.

E di colpo ebbi una visione.

Penso che aprire un *café* in place du Marché Sainte-Cath erine sia stata l'idea migliore della mia mia vita. Perché non era un *café* qualsiasi, era un *café littéraire*, che chiamai orgogliosamente Café des Poètes. Il nome era un omaggio a *Orphée* di Jean Cocteau, anche se probabilmente lo colsero pochi degli ospiti che sei mesi dopo vennero all'inaugurazione.

In quel breve arco di tempo, il locale polveroso e in parte fatiscente si era trasformato in un luogo magico. Alle pareti dipinte di un blu petrolio spiccavano le fotografie in bianco e nero di poeti celebri, e accanto erano scritti alcuni versi a grandi lettere in corsivo. La sala era illuminata da scintillanti *chandeliers* di cristallo, e sopra lo scuro bancone in legno – la prima cosa su cui cadeva l'occhio entrando – si leggeva una frase di Guillaume Apollinaire: *È giunto il tempo di riaccendere le stelle.*

E uscendo, si leggeva sopra la porta: *Tutto lo spazio è per la Bellezza.*

Lo ricordava René Char, e la folla di persone con un calice di champagne in mano che ammirava ogni dettaglio sembrava d'accordo con lui. Si respirava una bella atmosfera rilassata, e l'inaugurazione fu un successo su tutta la linea.

C'era anche Mamie, che indicò felice il soffitto, una volta azzurra percorsa da soffici nuvole bianche, su cui aveva scoperto la "sua" frase di Proust: *Cerca di conservare sempre un lembo di cielo sopra la tua vita.*

Spesso si sente dire che alla maggior parte della gente non interessa la poesia. Forse dipende dal fatto che la maggior parte della gente ha poche occasioni di imbattersi in poesie che le arrivino dritte al cuore. Personalmente posso solo assicurare che tutti i clienti del Café des Poètes scorrevano con un sorriso i versi e le citazioni scritte alle pareti.

Il cuore ha le sue ragioni, che la ragione non conosce, sosteneva Blaise Pascal.

Di tanto in tanto è bene fare una pausa nella nostra ricerca della felicità ed essere semplicemente felici, consigliava Guillaume Apollinaire.

Hai dei nemici? Bene, significa che nella tua vita hai lottato per qualcosa, dichiarava Victor Hugo.

Paul Éluard affermava che *La terra è blu come un'arancia.*

E Jacques Prévert incoraggiava a non perdersi d'animo: *Dovremmo cercare di essere felici, se non altro per dare l'esempio.*

Di Prévert era anche lo spiritoso *bon mot* che introduceva i piatti vegetariani elencati sul menu e che non mancava quasi mai di strappare una risata divertita: *Il vegetariano si accontenta di poco, tutto ciò che chiede è un'insalata di trifoglio a quattro foglie.*

Non si contano più le volte che i clienti mi hanno chiesto, strizzando l'occhio, un'insalata di trifoglio a quattro foglie! O quelle che hanno fotografato il famoso calligramma di Apollinaire riprodotto sopra il divano di velluto blu, la *Tour Eiffel*, con il testo disposto in modo da disegnare il monumento simbolo di Parigi e che iniziava con le parole *Salut monde.*

Alla parete di fronte c'era una mensola con alcune raccolte di poesie che i clienti potevano prendere e leggere seduti ai tavoli. Accanto avevo incorniciato una poesia di Prévert, una delle mie preferite, e all'epoca non immaginavo che qualche anno dopo, durante una splendida notte di luna piena, avrebbe avuto una grande importanza nella mia vita.

Trois allumettes une à une allumées dans la nuit
La première pour voir ton visage tout entier
La seconde pour voir tes yeux
La dernière pour voir ta bouche
Et l'obscurité tout entière pour me rappeler tout cela
En te serrant dans mes bras.

Tre fiammiferi accesi uno per uno nella notte
Il primo per vederti tutto il viso
Il secondo per vederti gli occhi
L'ultimo per vedere la tua bocca
E tutto il buio per ricordarmi queste cose
Mentre ti stringo fra le braccia.

Per me il Café des Poètes rappresentò un vero colpo di fortuna. Era il locale più piccolo dell'incantevole place du Marché Sainte-Catherine, con le sue tende colorate e i vecchi lampioni che la sera avvolgevano ogni cosa in una luce calda, ma le persone lì si sentivano bene. E questa è la cosa più bella che si possa dire di un *café*.

La sala accogliente arredata in stili differenti e i versi alle pareti attiravano molti curiosi, che potevano fare scoperte letterarie bevendo un *café crème* accompagnato da *croissants* appena sfornati, *pains au chocolat* e *tartelettes* o *baguettes farcies*, *tartines gratinées au gruyère* e *quiches* fatte in casa.

In meno di un anno riuscii a restituire a Mamie i soldi che mi aveva anticipato con tanta generosità. E per la prima volta potevo guadagnarmi da vivere con un lavoro che mi dava soddisfazione. Mi piaceva tantissimo il contatto con i clienti, che spesso e volentieri mi raccontavano le loro storie. E una sera al mese organizzavo una *soirée littéraire* con musica, vino e *petits canapés*, e invitavo un'autrice o un autore che leggevano brani dalle loro opere. Non erano ancora famosi, tuttavia quegli eventi erano molto amati e i posti sempre esauriti. Finalmente, così sembrava, la fortuna girava dalla mia parte: il locale "aveva ingranato", per citare Mamie, e non mi ero pentito della mia decisione.

E poi non ero solo.

Quando avevo raccontato a mia sorella il mio progetto di aprire un *café* nel Marais, lei non ci era stata troppo a pensare. Laurence, di cinque anni più grande di me, aveva frequentato una *école hôtelière* e, dopo aver lavorato per alcuni anni in vari alberghi, voleva provare qualcosa di nuovo. Si era mostrata subito entusiasta e aveva visto nel Café des Poètes l'occasione di cambiare. Le poesie alle pareti non le dicevano granché, Laurence era un tipo piuttosto pragmatico, però era molto brava nella gestione, preparava tutti i nostri dolci, e con Lucie, che invece si occupava dei piatti salati, aveva fatto davvero un ottimo acquisto. Insieme eravamo una magnifica squadra e, per quanto riguardava il mio piccolo locale, le cose non sarebbero potute andare meglio di così.

Due anni dopo essersi trasferita a Parigi, mia sorella conobbe sul *métro* il suo futuro marito. Era direttore commerciale in un'importante casa editrice di Saint-Germain e mi mise in contatto con molti degli scrittori che poi parteciparono alle nostre *soirées littéraires*. Laurence era felice, io ero felice, Mamie era strafelice di avere accanto a sé un altro membro della famiglia – solo i miei genitori, com'era comprensibile, erano un po' dispiaciuti che entrambi i figli abitassero a Parigi. Al contrario di me, non amavano particolarmente la capitale. La trovavano troppo affollata, troppo rumorosa e troppo cara. Preferivano il mare o la Dordogna, dove secondo loro il cibo era più buono che in ogni altra regione della Francia e non c'era l'assembramento di turisti che si riversava in Provenza.

Quando mia sorella si sposò nell'Église Saint-Sulpice, in una giornata di maggio radiosa quanto lei, naturalmente c'erano anche loro, e ne approfittarono per vedere il Café des Poètes, da cui rimasero incantati. Maman disse che le ricordava l'atmosfera dei vecchi film in bianco e nero, e mio padre si fermò a lungo davanti alla poesia *Trois allumettes*, sorridendo trasognato.

Poco dopo la loro visita, mi spedì il sottile volumetto verde grazie al quale avevo scoperto Prévert. Nella dedica aveva scritto che era infinitamente orgoglioso di me perché avevo saputo creare una cosa tanto bella e poetica.

Anche qualcun altro sarebbe venuto a trovarmi al Café des Poètes. Qualcuno che arrivava dal passato. Qualcuno che avevo completamente rimosso dai miei ricordi.

5.

Nella maggior parte dei casi, i capricci del destino sono imprevedibili come quelli delle donne. All'inizio il loro significato ci sfugge, e solo in un secondo momento si rivela la trama di fili invisibili che tiene insieme tutto.

Una sera – deve essere stato qualche mese dopo la visita dei miei, perché ricordo che i castagni alle Tuileries si stavano già tingendo di rosso – Camille si presentò inaspettatamente a una lettura al Café des Poètes.

Ero riuscito ad aggiudicarmi un giovane autore molto in voga, e il locale era gremito di gente. Quando Camille entrò, la prima cosa che notai fu il suo basco azzurro. Fissai la porta, oltre i tavoli, le sedie, le poltroncine e i divani, e fu un viaggio a ritroso nel tempo. Non riuscivo a credere di ritrovarmela lì davanti. Come quel giorno nella libreria di Monsieur Pascale.

Camille, pensai stupito, e d'istinto cercai Paul con gli occhi. Un attimo dopo, però, sentii ribollire dentro l'antico rancore e mi si strinse il cuore.

Camille era ancora bella, *naturellement* era ancora bella, non erano passati più di sette anni dall'ultima volta che ci eravamo visti – o forse erano appena sette secondi?

In quell'istante mi riconobbe e puntò nella mia direzione, superando tavoli e persone. Sembrava sorpresa quanto me.

"*Salut Jean-Pierre!*" esclamò. "Chi l'avrebbe mai detto! Sei proprio tu?"

"Ovvio, e chi sennò?" ribattei gelido.

Restammo in silenzio per un attimo, nell'allegro vociare che riempiva la sala. La lettura non era ancora iniziata, e un gruppetto di persone era radunato davanti alla porta, dove Laurence ritirava i biglietti, mentre l'autore sedeva nervoso nel retrobottega e dava un'ultima occhiata ai brani che aveva selezionato.

"Anche tu sei qui per l'evento?" chiese Camille.

"Veramente l'ho organizzato io," precisai, passandomi con noncuranza la mano tra i capelli.

"Oh..." mormorò lei, poi capì. "Quindi il locale è tuo?"

Annuii.

Camille si guardò intorno ammirata. "Wow! È fantastico, Jean-Pierre. *Félicitations!* È molto bello qui... originale, direi." Sembrava colpita. "Non avevo idea che fossi il proprietario del Café des Poètes. Non c'ero mai stata, ma una mia amica non fa che parlarne. Non vengo spesso nel Marais, *tu sais*. Quando..."

"Quattro anni fa," risposi sbrigativo.

"Non volevi fare il libraio?"

La fissai a lungo, e lei avvampò. Probabilmente, come me, ripensava al nostro primo incontro alla Librairie Pascale.

"Già. A quanto pare da allora i miei progetti sono cambiati." Incrociai le braccia sul petto e mi appoggiai al bancone.

"Anche tu... Anche tu sei molto cambiato... da allora," commentò maliziosa.

Sì, prima ero un idiota, pensai rabbioso. E oggi non lo sono più.

"Quanto tempo è passato dall'ultima volta che ci siamo visti?" domandò.

Una mossa azzardata.

"Abbastanza da dimenticare il tradimento, ma non abbastanza da perdonarlo."

"*Oh là là*, sei ancora arrabbiato." Mi osservò costernata.

"Non dovrei? Paul era il mio migliore amico. La persona di cui mi fidavo di più. E lui mi porta via la ragazza. È stato un colpo basso."

Lei scosse la testa. "Non è andata esattamente così," disse piano.

"A-ha. E come sarebbe andata?"

"Alla fine è stata tutta colpa mia." Si tormentò una ciocca di capelli. "O almeno quasi tutta."

"Tua?" Feci una risata sarcastica. "È colpa dell'agnello se il lupo se lo mangia?"

"Sì," ripeté Camille mortificata. "Sono stata io a prendere l'iniziativa. Sono stata io ad andare da Paul con l'intenzione di sedurlo. Sono stata io a baciarlo per prima."

"Ma perché?" balbettai. "Mi avevi detto che avevi bisogno di tempo. Ho rispettato i tuoi sentimenti. Io ti amavo... Poi arriva Paul, e tu... tu..."

"Lo so, è stato ingiusto." Mi guardò, e il suo dispiacere era sincero. "Tutta la vita è ingiusta." Si mordicchiò le labbra. "Non so come spiegarlo. Non c'è stato un motivo. Voglio dire, tu eri splendido, Jean-Pierre, così tenero e dolce. Mi hai corteggiata come non mi capitava più da tempo, ed era bellissimo." Sorrise assorta. "Ricordi quando mi hai mandato quella poesia? L'ho letta e riletta. Nessuno mi aveva mai mandato una poesia. Anch'io ero molto presa da te, ma quando ho visto Paul ho perso la testa. Mi ha guardata, e mi sono sentita mancare la terra sotto i piedi."

Camille fissava un punto imprecisato dietro di me, seguendo il filo dei ricordi, e io mi resi conto che quella sera alla Palette avevo completamente frainteso il suo silenzio.

"Ma l'incantesimo è svanito in fretta," proseguì. "Tre mesi dopo, per essere precisi. La nostra relazione non è durata di più. *Et voilà!* Niente è meno affidabile dell'amore, vero?" Si strinse nelle spalle. "Oggi sei convinto di non poter vivere neppure un secondo senza una persona e domani non sopporti più il modo in cui quella stessa persona, che fino al giorno prima era il centro del tuo universo, raschia il piatto con la forchetta o si toglie i calzini."

Annuii. Conoscevo quella sensazione.

"Eppure ogni tanto penso a Paul e mi chiedo cosa faccia adesso." Piegò la testa di lato e mi osservò. "Voi due vi sentite ancora?"

"Dopo quello che è successo? No," risposi con aria torva, e con un'improvvisa fitta di gelosia mi venne il dubbio che Camille non fosse lì per puro caso.

"*Oh, vraiment?* Mi dispiace. Ero sicura vi foste chiariti da un pezzo. Eravate così amici. Be', spero che tu non sia più arrabbiato almeno con me. È passato talmente tanto tempo. Chissà, forse all'epoca ho fatto la scelta sbagliata."

Sorrise allusiva, e per un attimo pensai a quanto l'avevo desiderata. In una frazione di secondo mi balenò la folle idea che fosse possibile tornare indietro. Ma lo era davvero? Involontariamente corrugai la fronte, tuttavia le mie elucubrazioni si rivelarono inutili perché a un tratto Camille si alzò sulla punta dei piedi e agitò la mano verso qualcuno.

"Ah, ecco Maxime! Posso presentarti Maxime?"

Un uomo con i capelli scuri si fece largo tra la folla e ci raggiunse. Camille non era venuta da sola. Certo che no, cosa avevo creduto?

Salutai Maxime, chiunque fosse, poi l'autore entrò in sala e loro cercarono un posto, mentre io accoglievo il nostro ospite dandogli il benvenuto al Café des Poètes.

La lettura fu brillante e, quando le prime persone avanzarono per farsi firmare una copia del libro, intravidi Camille e il suo accompagnatore seduti a uno dei tavoli. Ma prima che potessi parlarle era già sparita; d'altronde, a pensarci bene, di cosa avremmo potuto parlare? Era passato talmente tanto tempo, come giustamente aveva detto anche lei. Mi sembrò quasi una vita.

Quella sera tornai a casa con mille ricordi in testa. E per la prima volta dopo anni pensai a Paul. Anche se la schietta confessione di Camille non mi confortava granché – a quale uomo piace essere considerato tenero e dolce dalla donna che ama, mentre il suo amico le fa mancare la terra sotto i piedi? –, giudicai l'infausta vicenda sotto una luce più clemente. Ovviamente ero ancora dell'opinione che Paul avrebbe dovuto respingere *les avances* di Camille, però non aveva mentito quando aveva sostenuto di essere stato preso in contropiede.

Nonostante ciò, mi dissi ostinato, a cosa serve un amico di cui non ti puoi fidare e che ti mette sempre i bastoni tra le ruote nelle questioni di cuore?

Se non altro, nemmeno Paul era stato felice con Camille, e quella consapevolezza mi riempì di una strana soddisfazione.

La verità era questa: per quanto successo avessi con il mio piccolo *café*, la mia fortuna con le donne bionde continuava a essere di breve durata. Negli anni avevo avuto alcune storie, ma nessuna si era trasformata in qualcosa di serio. Una volta Laurence mi disse che forse avrei dovuto riconsiderare il mio ideale di donna.

"Magari le bionde non fanno per te," sghignazzò. "Esclusa la qui presente, ma io sono tua sorella."

Annuii, lasciandola parlare. E qualche settimana dopo l'inaspettato incontro con Camille, conobbi Océane.

Era bellissima, all'inizio un po' timida, aveva un piccolo spazio tra i denti davanti che trovavo delizioso, e sì, era anche bionda.

I primi tempi stare con Océane era semplicemente un sogno, le piaceva tutto di me. Poi diventò tutto difficile, e di me non le piaceva più niente. Io non capivo: ero sempre lo stesso di prima. Per un certo periodo cercai di convincermi che il nostro era un rapporto speciale proprio perché era così complicato, perché litigavamo di continuo e in maniera sempre più accanita, cosa che interpretavo erroneamente come la prova di quanto fossero profondi i nostri sentimenti. Fatto sta che resistetti per tre anni con la bisbetica Océane, sperando che si trattasse solo di una fase, finché realizzai che quella fase non sarebbe mai finita e, quando lei mi lasciò per la centesima volta, mi illusi che fosse quella buona, e invece pochi giorni dopo eccola lì sotto casa mia perché voleva non so quali bottiglie di Châteauneuf-du-Pape.

Fu la sera in cui trovai la partecipazione di Paul nella cassetta della posta. Era aprile, pioveva, e la nostra amicizia risaliva a oltre un decennio prima, un tempo così lungo che in realtà non avrei capito il perché di quell'invito neppure se non avessimo litigato.

Avevo trentadue anni, ero proprietario di un locale ben avviato, ero di nuovo single e di sicuro non sarei mai andato al matrimonio se a inizio giugno, poco prima della data fissata, non avessi ricevuto una lettera che mise in dubbio la mia decisione.

Era un lunedì, il mio giorno libero, e mi ero appena seduto a fare colazione nella piccola corte interna con un *croissant*, una tazza di caffè, il "Figaro" e la posta quando notai la busta con il nome Paul Gérard come mittente e la aprii, incuriosito.

Cher Jean-Pierre,

spero tu abbia ricevuto l'invito al mio matrimonio. È molto che non ci sentiamo, ma proprio ultimamente ho pensato spesso a te e mi sono chiesto come stavi. Ho fatto qualche ricerca e ho scoperto che ora hai un café littéraire nel Marais. Un giorno o l'altro mi piacerebbe venirti a trovare, anche se non sono mai stato un grande lettore. La vita reale è già abbastanza emozionante. Ricordi quando ci siamo trasferiti insieme a Parigi e abbiamo giurato di divertirci e non sposarci almeno fino ai quarant'anni? Ecco, io invece ci sono cascato prima, mon cher ami, e con tutte le scarpe!

Nella mia vita è entrata una donna, si chiama Marie e mi tiene completamente in pugno, tanto che presto mi metterà al dito un anello che sarò ben felice di portare per sempre. Ci siamo conosciuti a una dégustation de vin a Saint-Émilion, abbiamo riso tantissimo, e alla fine è venuto fuori che il vino era stato prodotto dalla cantina dei suoi genitori. Naturalmente adesso Marie sostiene che voglio sposarla solo per questo, ma non è affatto vero. Per quanto apprezzi un buon vino rosso, la sposo per un unico motivo, il più importante: perché la amo e perché è bellissimo ridere con lei. Se c'è una cosa che ti auguro di cuore è che anche tu possa trovare una donna diversa da tutte le altre (o forse l'hai già trovata?). E se c'è una cosa che mi auguro di cuore è avere al mio matrimonio il mio più vecchio e più caro amico, perché è questo che sei!

Non mi hai ancora risposto, perciò oggi ti scrivo questa lettera. So perfettamente che quella volta eri infuriato con me, sono stato un incosciente e ho rovinato la nostra amicizia. Avevi ragione tu: avrei dovuto mandare via Camille, anche se era davvero dura resistere ai suoi baci e ai suoi occhi viola. Chissà, magari voi due potevate essere una coppia perfetta. In ogni modo, ancora oggi mi dispiace che sia andata così, dico sul serio. Per me sei sempre stato come un fratello, Jean-Pierre, e dopo tutti questi anni vorrei tanto rivederti. Il matrimonio – l'dea del castello non è stata mia, ti prego di credermi – non sarebbe la stessa cosa senza di te. Fai parte della mia vita, e a maggior ragione ti vorrei accanto in un giorno così importante.

Ti sembrerà impossibile, ma di recente, mentre riordinavo alcune cose, ho trovato il sacchetto con la sabbia della Dune du Pilat che abbiamo raccolto quell'estate. E all'improvviso mi è sembrato di tenere tra le mani un tesoro prezioso. Non voglio perdere tutto quello che abbiamo vissuto insieme – da bambini, da adolescenti e da ragazzi che si credevano i re del mondo, ma in fondo della vita sapevano ancora poco o niente.

Una cosa però la so: vorrei mettere da parte i vecchi rancori, di cui mi assumo l'intera responsabilità. Vorrei che fossimo di nuovo amici come prima. E penso che per farlo non esista momento migliore del mio matrimonio.

Il padre di Marie è inglese e il suo sogno più grande è che la sua adorata bambina si sposi in un castello dell'Aquitania. Probabilmente saprai (io lo avevo dimenticato) che l'Aquitania apparteneva agli inglesi. Parliamo dei tempi dell'intrepida duchessa Eleonora, perciò di qualche annetto fa, a occhio e croce un migliaio, ma loro hanno ancora il mito del matrimonio in Aquitania. Non hai idea di quante coppie inglesi celebrino le loro nozze in quegli antichi castelli. Morale della favola, lo faccio anch'io, dopotutto sono solo lo sposo, e immagino già il ricevimento, al quale ti invito di nuovo. Per la camera non c'è problema, la maggior parte degli invitati si fermerà per la notte, e i miei futuri suoceri sono di manica larga. Ho raccontato a Marie di te, di quando ci davamo alla pazza gioia a Parigi, e anche lei vorrebbe conoscerti. Sono sicuro che ti piacerà. Quindi seppelliamo l'ascia di guerra: vieni e basta, va bene?

Conto su di te!
Paul

Devo dire che alla fine della lettera ero un po' commosso.

Seduto nel mio giardinetto, mi lasciai andare contro lo schienale della poltroncina in rattan. Era una mattina calda, fuori si stava bene, il sole si arrampicava sui tetti dei palazzi del Marais, i suoi raggi rimanevano impigliati nelle piante e nei fiori variopinti allineati davanti al muro di mattoni. Un uccellino cinguettò e si avvicinò con cautela per beccare un pezzetto di *croissant* sul tavolino rotondo di metallo verde, poi volò via con il suo bottino in un allegro frullare di ali. Lo seguii con lo sguardo, sorridendo, poi alzai la testa verso lo squarcio di cielo azzurro sopra di me e all'improvviso mi tornarono in mente le tante cose che avevo condiviso con Paul. E più ricordi riaffioravano, più la mia resistenza diminuiva.

Non era stato proprio tutto da buttare – a parte la nostra malaugurata predilezione per lo stesso tipo di ragazza, tra me e Paul c'era una bella amicizia. Ripensai a quello che mi aveva detto Camille alla lettura. Riflettendoci bene, Paul non si era comportato così da carogna come credevo. E non era infantile continuare a battere sempre sullo stesso tasto? Diedi un'altra rapida scorsa alla lettera – anch'io avevo conservato il mio sacchetto con la sabbia della Dune du Pilat. Era in uno degli scatoloni ammassati nel ripostiglio. Rividi quella torrida giornata d'estate, mentre arrancavamo ansimanti e sudati. E rividi noi due sulla cima di quella duna gigantesca, il cielo limpido e il sole a picco, e sorrisi all'immagine di Paul che si lasciava cadere sulla sabbia e gridava trionfante: "È o non è il dannato Sahara?!".

Finii di bere il caffè e raggiunsi lo scrittoio, sistemato in una nicchia del soggiorno. Poco dopo trovai la partecipazione, sepolta sotto una pila di bollette e fatture. Me la rigirai tra le mani, osservandola indeciso. Dovevo andare al matrimonio del mio ex migliore amico oppure no?

Per un attimo mi attraversò la mente che forse Paul aveva invitato anche Camille. Erano passati tre anni dal nostro incontro al Café des Poètes. Chissà se stava ancora con quel Maxime. *Niente è meno affidabile dell'amore.* Erano parole sue.

Infilai la partecipazione nella cornice dello specchio sopra la consolle nell'ingresso, ripromettendomi di riflettere sulla faccenda.

"Oh, e questo cos'è?" domandò Laurence, quando la sera venne da me con una bottiglia di Vacqueyras del Domaine

Burle. Era uno dei suoi vini preferiti, lo aveva scoperto durante l'ultima vacanza in Vaucluse e sosteneva che fosse più buono di qualsiasi Châteauneuf-du-Pape.

"Posso?" Mi consegnò la bottiglia e prese l'invito. "Chi si sposa?"

"Paul," risposi, guardando l'etichetta arancione con la scritta *La Muse*. "Grazie," aggiunsi.

"Paul Gérard? *Quel* Paul?" Mia sorella inarcò le sopracciglia, meravigliata.

Lo conosceva da quando andavamo a scuola insieme a Bordeaux e dalla famosa estate in Côte d'Argent. Anche se lei aveva qualche anno più di noi, il mio spigliato amico le era sempre piaciuto. Naturalmente, benché non avessi sbandierato in giro i dettagli della disdicevole vicenda, le era giunta voce che a Parigi tra me e Paul "era successo qualcosa" e che avevamo tagliato i ponti.

"*Oh là là!* La cerimonia si svolge in un castello!" commentò dopo aver aperto il cartoncino pieghevole. "*Très élégant*," sorrise. "E tu ci andrai?"

Mi strinsi nelle spalle. "Non lo so ancora."

Sembrò sorpresa, e i nostri sguardi si incontrarono nello specchio. "Come sarebbe, che non lo sai ancora, Jean-Pierre? Ovvio che ci andrai. È Paul, il tuo vecchio amico. E poi non ci si lascia sfuggire un'occasione così. Non so se mi spiego: *in un castello!*" scandì, gli occhi che le brillavano.

Mia sorella adorava i matrimoni. Malgrado fosse una persona con i piedi per terra, quando si trattava di matrimoni tutto il suo pragmatismo andava a farsi benedire. Allora niente era troppo romantico: né una carrozza trainata da cavalli bianchi né una decappottabile d'epoca con il cartello *Just married* e i barattoli di latta attaccati al paraurti posteriore che sferragliavano, uno stuolo di colombe nuziali svolazzanti liberate dagli sposi o palloncini rossi a forma di cuore che gli invitati facevano salire nel cielo. Laurence impazziva per queste cose, quando qualcuno che conosceva convolava a nozze era felice come una pasqua e appena una delle sue tante amiche si innamorava, la sua prima domanda era: "Quando vi sposate?".

Era sempre a disposizione: come testimone o damigella, wedding planner o autista. Andava in giro per ore con la futura sposa per aiutarla a scegliere l'abito e consigliarla sugli accessori per i capelli. Per lei la cerimonia perfetta era quella in cui si lanciava il riso, in cui piccoli paggetti instabili sulle gambe aprivano il corteo spargendo petali di fiori a destra e a manca, si facevano discorsi strampalati ai brindisi, si roteavano i tovaglioli sulla testa, si ballava, si mangiava e si beveva champagne. Laurence non riusciva a capire come due persone che si amavano davvero potessero rinunciare volontariamente al – non mancava mai di sottolineare – più bel giorno della loro vita e a condividere la loro felicità con il maggior numero di persone possibile. Non sopportava che qualcuno semplicemente partisse o si sposasse a porte chiuse, lo viveva come una specie di tradimento. E non serviva a niente farle notare che alcuni preferivano l'intimità oppure spendere gli stessi soldi per fare il giro del mondo.

"No, no," ribadiva ostinata, scuotendo la testa. "Quando ami qualcuno devi farlo vedere. E se non festeggi l'amore, cosa festeggi?"

Nello specifico, quella sera mi sventolò la partecipazione sotto il naso. "Non si può rifiutare l'invito a un matrimonio, *tu ne le sais pas*? A maggior ragione se a sposarsi è un tuo vecchio amico. Inoltre i matrimoni portano fortuna."

"Sì, forse agli sposi."

"*Qui peut savoir?*" Mi sorrise con aria eloquente. "Magari dice bene anche a te. Al tuo posto, io me la giocherei."

"Come no," replicai, senza immaginare che quello era il consiglio migliore che mi avesse mai dato mia sorella. "Comunque sia, in effetti stavo pensando di andare. Solo che... sì, insomma... io e Paul non ci vediamo più da una vita."

"Proprio per questo il fatto che ti abbia invitato è un gesto ancora più bello." Laurence si mise le mani sui fianchi e mi guardò sarcastica: "Non essere permaloso, fratellino".

"Io non sono permaloso," protestai.

La mattina dopo imbucai la mia risposta. Avevo preso una decisione: sarei andato al matrimonio del mio vecchio amico. Il 15 giugno sarei partito per l'Aquitania, destinazione un antico castello nell'Entre-Deux-Mers, dove mi aspettava una stanza prenotata a mio nome. Aveva ragione Laurence, la prospettiva non era poi così male.

L'aletta della cassetta postale tintinnò quando lasciai cadere dentro la busta e mi avviai verso il Café des Poètes. Il sole splendeva, e il cielo sopra Parigi era azzurro. Non ero permaloso, ero superiore e magnanimo. Di buon umore, percorsi rue Roger Verlomme, svoltai in rue des Tournelles e proseguii fino a place des Vosges, silenziosa e illuminata in tutto il suo splendore dalla luce del mattino. Camminai sotto le arcate del porticato che circondava la piazza quadrata, gettai un'occhiata alle vetrine di una delle piccole gallerie d'arte ancora chiuse e mi fermai un attimo davanti a un dipinto pieno di luce, che raffigurava una giovane donna intenta a leggere un libro, distesa su una coperta in mezzo all'erba alta, accanto a lei una panciuta teiera rossa. Pochi minuti dopo arrivai in place du Marché Sainte-Catherine e aprii il *café*. C'era una grande calma, e io mi sentivo in pace con me stesso.

Se quella mattina qualcuno mi avesse detto che accettando l'invito al matrimonio di Paul mi sarei cacciato nell'avventura più assurda, folle e meravigliosa della mia vita, non gli avrei creduto.

6.

Il giorno del matrimonio di Paul tutto quello che poteva andare storto, ci andò. Ma per fortuna, quando preparai la valigia e infilai nel porta abiti il completo blu che avevo ritirato dalla lavanderia il pomeriggio prima, non lo sapevo ancora. Il ricevimento iniziava verso sera e il viaggio durava poco più di sei ore, così avevo deciso di partire presto da Parigi per avere il tempo di rinfrescarmi e cambiarmi una volta arrivato.

La strada che conoscevo meglio era la A10 in direzione Bordeaux, facevo sempre quella quando andavo a trovare i miei genitori – Orléans, Blois, Tours, Poitiers –, ma questa volta sarei uscito a Libourne per raggiungere il castello, che si trovava dalle parti di Saint-Émilion.

Ammetto che ero quasi emozionato al pensiero del matrimonio, l'entusiasmo di Laurence aveva contagiato un po' anche me. "Sarà magnifico," mi aveva assicurato mentre cercavamo un regalo per Paul da Assouline, in rue Bonaparte. Quella prestigiosa libreria, celebre per i suoi *coffee table books* e gli accessori di lusso, era una dichiarazione d'amore alla bellezza e al lifestyle – un vero e proprio Eldorado per gli appassionati di arte e architettura. Alla fine avevo scelto un volume fotografico dal titolo *Travel by Design* e un supporto pieghevole giallo sole, elegantemente impacchettati nella shopper bianca e nera posata accanto alla scrivania.

Stavo preparando la colazione quando suonarono alla porta. Sorpreso, andai nell'ingresso. Chi mi cercava, di sabato mattina alle otto? Sperai non fosse ancora la mia nuova vicina.

Madame Clément, infatti, un'adorabile e leggermente svampita professoressa emerita sulla sessantina che da un paio di mesi abitava al piano di sopra, tendeva a rimanere chiusa fuori casa con una certa frequenza e, quando succedeva, scendeva da me.

La prima volta mi aveva chiesto di aiutarla ad aprire la serratura con la carta di credito.

"Nei film ci mettono un attimo," mi blandiva, mentre passavo e ripassavo inutilmente la tessera lungo la fessura, sudando sette camicie e sentendomi un inetto.

A forza di insistere, la striscia magnetica si era graffiata.

"Peccato, mi sa che è andata," aveva concluso con filosofia Madame Clément, e mi aveva seguito nel mio appartamento per telefonare al fabbro. Poi si era accomodata sul divano.

"Grazie dell'ospitalità, Monsieur Morel, è davvero gentile," disse, sorseggiando il *pastis* che le avevo offerto e guardandosi intorno con interesse. Era evidente che apprezzava la nostra piccola riunione di emergenza. "Ultimamente sono così distratta. Sto scrivendo un saggio sul culto di Apollo a Pompei che assorbe tutta la mia concentrazione, e senza pensarci mi sono tirata dietro la porta lasciando le chiavi in casa. La prego di scusarmi per il disturbo, non so più dove ho la testa."

Aveva sorriso e si era lisciata i lunghi capelli grigio argento che le ricadevano sulle spalle, sembrava la sorella maggiore di Galadriel nel *Signore degli Anelli*.

"Non si preoccupi, Madame Clément. Capita a tutti," avevo

risposto. Non sapevo ancora che la mia nuova vicina del secondo piano era una recidiva.

Solo una settimana prima eravamo rimasti più di un'ora seduti nel mio soggiorno in attesa del fabbro, perché verso mezzanotte Madame Clément era scesa a buttare la spazzatura e puntualmente si era chiusa fuori.

Quella sera il fabbro non arrivava mai. Avevamo bevuto una bottiglia di vino in due, Madame Clément mi aveva raccontato della sua infanzia in Alsazia e dei dolci che preparava sua nonna, e a un certo punto eravamo passati al tu.

"Di questo passo avrai diritto a uno sconto, Sandrine," commentai, quando finalmente suonarono alla porta.

"Forse dovrei appendermi al collo quella stupida chiave," disse lei in tono colpevole.

"Potrebbe essere un'ottima idea," approvai, soffocando uno sbadiglio.

Qualche giorno dopo l'avevo incrociata sul pianerottolo, mantella e capelli al vento, che scendeva in fretta le scale. Intorno al collo aveva un lungo nastro viola a cui era attaccata una chiave. Addosso a lei, sembrava un accessorio originale all'ultima moda. "Trucchetto!" esclamò, strizzandomi l'occhio con aria complice. E la sera trovai davanti alla porta un autentico *kouglof* alsaziano *à la grand-mère*, accompagnato da un bigliettino rosa.

Un piccolo ringraziamento per farmi perdonare di averti tenuto sveglio fino a tardi... Comunque ti darò una copia delle mie chiavi, la prudenza non è mai troppa. Sandrine.

Evidentemente, non aveva funzionato neppure la chiave appesa al collo. Suonarono di nuovo, adesso con più decisione, e andai ad aprire sospirando. Ma appena vidi chi era, rimpiansi la mia distratta e adorabile vicina.

"*Bonjour Jean-Pierre!*"

"Océane!" balbettai. "Santo cielo, cosa ci fai qui a quest'ora?"

Lei incrociò le braccia sul bellissimo vestito estivo a fiori e mi fronteggiò con piglio battagliero.

"Non hai dimenticato niente?" Sollevò le sopracciglia.

"Dimenticato?" La fissai nervoso, passandomi una mano tra i capelli. Che accidenti voleva questa volta? "Ascolta, Océane, adesso non ho..." iniziai.

"Dove sono le mie bottiglie?" mi interruppe. "Avevi detto che me le avresti portate. Credi di poterle tenere?"

"In cantina non c'è nessuno Châteauneuf-du-Pape. Ho guardato dappertutto, davvero." *Oui, d'accord*, non proprio dappertutto, ma comunque non le avevo viste.

"Vuol dire che non hai guardato bene, Jean-Pierre. Deve esserci una cassa intera, ne sono sicura. Andiamo a controllare insieme."

"Océane, ti scongiuro, non è il momento."

"Perché?" Mi squadrò sospettosa. "C'è qualcuno?"

"No."

Prima che riuscissi a impedirglielo, entrò in casa a passo di marcia. Si guardò intorno e notò il *kouglof* tagliato con accanto il bigliettino rosa.

Al suo occhio di lince non sfuggiva niente.

"Chi è questa Sandrine?" indagò, mentre scorreva il messaggio corrugando la fronte.

"La mia vicina." Mi uscì come se dovessi giustificarmi, e mi arrabbiai con me stesso. Océane aveva il potere di far sentire gli altri sempre in difetto.

"La tua vicina?" Sorrise beffarda. "Ma che personcina d'oro: ti prepara un dolce perché ti ha tenuto sveglio fino a tardi e ti darà la copia delle sue chiavi."

"Per la miseria, Océane, era rimasta chiusa fuori casa! *C'est tout.*"

"Ah, ecco." Océane mi osservò con gli occhi ridotti a due

fessure. “È di sopra? Per questo sei così nervoso?” Si avvicinò alla scala a chiocciola e chiamò: “Sandrine? *Coucou Sandrine!* Venga a farci compagnia”.

“Tutto questo è ridicolo, Océane!” sbottai, accorgendomi di perdere la pazienza. “E anche se fosse come credi tu, cosa ti importa? Ci siamo lasciati, ricordi? Potrei avere cento donne e non sarebbero affari tuoi. Non ti devo nessuna spiegazione, mettitelo bene in testa.”

“Quindi lo confessi.” Di colpo Océane alzò la voce.

“Come, scusa?” Ero basito. “Non confesso un bel niente, si può sapere di cosa parli?” Poi scrollai le spalle e ci rinunciai. Era inutile discutere. Il tempo passava, e in un modo o nell'altro dovevo liberarmi di lei. “Non litighiamo, per favore. Quello che dovevamo dirci ce lo siamo detti.”

Era chiaro che Océane la pensava diversamente. Si muoveva avanti e indietro nel soggiorno come una tigre in gabbia e affilava le unghie. Lo spettacolo stava per iniziare.

“Sono contenta che ti sei consolato. Hai fatto presto. Non ho ancora finito di portare via le mie cose e un'altra ha già preso il mio posto. È incredibile... Anzi, no: è *inconcepibile*! Come si può essere così insensibili?” Si fermò per un attimo e si appoggiò con entrambe le mani alla scrivania.

“Mi chiedo solo una cosa,” riprese con voce tremante dopo un po'. “Mi hai mai amata? Mi hai mai amata, Jean-Pierre?” ripeté con enfasi melodrammatica. “O tutto il nostro rapporto non è stato altro che una menzogna?”

Mi guardò con gli occhi pieni di lacrime.

Avrebbe dovuto fare teatro, in confronto a lei Eleonora Duse era una principiante.

Sospirai, sbirciando di nascosto l'orologio. Nel frattempo si erano fatte le nove e un quarto. Dovevo darmi una mossa.

“Certo che ti ho amata, Océane, e ti auguro ogni bene dal profondo del cuore. Ma se mi hai lasciato ci sarà pure un motivo, no?" Mi avvicinai e le cinsi le spalle con il braccio. "Tra di noi non funzionava."

Le porsi un fazzoletto.

Lei fece cenno di sì tirando su col naso e per un breve istante sembrò essersi calmata. Poi però abbassò lo sguardo e vide la partecipazione.

"Vai a un matrimonio?" domandò.

"Sì, oggi si sposa un mio amico. Per questo adesso devo proprio andare. La cerimonia si terrà in Aquitania, che non è esattamente dietro l'angolo."

In quel momento Océane si accorse della borsa da viaggio aperta accanto al divano e la fissò per qualche secondo. Subito dopo guardò ancora il biglietto e si abbandonò un'altra volta all'autocommiserazione.

"Non mi hai mai chiesto di sposarti," singhiozzò.

"Avresti detto di no, considerando quanto eri insoddisfatta con me."

"Che c'entra, potevi chiedermelo lo stesso." Prese la partecipazione e fissò contrariata il disegno del castello. "Per me avresti dovuto fare lo sforzo di cambiare."

"Nessuno può cambiare fino a questo punto, Océane."

"Ti ho regalato gli anni migliori della mia vita e ora che sono vecchia rimango da sola."

Mi venne da ridere.

"Smettila, Océane. Hai ventotto anni, non sei vecchia. E gli anni migliori devono ancora venire. Presto ti sposerai anche tu e sarai felice, ne sono sicuro."

Lei mi osservò con un'espressione strana.

"Dici davvero?"

"*Mais bien sûr!*" esclamai con enfasi, muovendo la testa su e giù. Finché non si sposava con me, andava tutto bene.

"Viene anche Sandrine al matrimonio?"

"Sandrine?" chiesi perplesso.

"Sì, la tua nuova *fiancée*."

"No, lei non viene, e non è la mia nuova *fiancée.*" Pensai alla mia vicina con i lunghi capelli grigio argento e sorrisi. "Ora però dammi l'invito, devo scappare."

Océane lo strinse tra le dita, le brillavano gli occhi.

"Portami con te!"

"*Quoi?!*" E quell'idea da dove saltava fuori? "Stai scherzando, spero."

"No. L'invito è per due, perché non posso venire?"

"Perché non stiamo più insieme, Océane."

"Per me non è un problema."

"Ma per me sì!"

Allungai la mano per farmi restituire l'invito, e lei lo nascose di scatto dietro la schiena. "Non te lo do." Fece qualche passo indietro. "Se lo vuoi, devi portarmi con te."

"Non essere sciocca, non ho tempo per questi giochetti. Da' qua," tagliai corto, avanzando verso di lei.

Océane fuggì e mi toccò rincorrerla per mezzo appartamento, cosa che a quanto pareva la divertiva parecchio. Girò intorno al divano ridendo, si fermò a riprendere fiato davanti alla scrivania, sgusciò fuori in giardino e corse di nuovo al divano, dove avevo lasciato la borsa da viaggio. Quella ridicola buffonata mi costò altri quindici minuti preziosi. Finalmente Océane si arrese e, quando capì che non l'avrebbe avuta vinta, ricominciò a offendermi: non sapevo stare agli scherzi, ero meschino, ottuso ed egoista, e la mia stupida partecipazione l'aveva messa dentro la mia valigia già da un pezzo. Poi uscì a precipizio dall'appartamento recitando sempre la solita solfa sul non volermi vedere mai più.

"E non illuderti di essere invitato al mio matrimonio," chiosò. "Te lo puoi scordare, Jean-Pierre."

"Me lo auguro," bofonchiai a mezza voce.

E quella fu davvero l'ultima volta che la vidi.

Decisi di rinunciare alla colazione e buttai giù in un sorso l'espresso più veloce della mia vita. Poco dopo ero nel parcheggio sotterraneo e, mentre caricavo i bagagli e il regalo per Paul nella mia vecchia Citroën, suonò il cellulare. Posai la borsa e lo sfilai dalla tasca dei pantaloni.

"*Allôôô?*" risposi scocciato, convinto che fosse Océane a cui era venuta in mente qualche altra cattiveria da urlarmi. Invece era mia nonna. Con una voce d'oltretomba.

"*Mon Dieu, Jean-Pierre, mon Dieu, mon Dieu, mon Dieu!* Meno male che ti ho trovato!"

"Mamie? Cosa è successo?" Sentii che faticava a respirare, e andai nel panico.

"Ho preso una storta mentre scendevo dalla sedia e non riesco ad appoggiare il piede." Gemette di dolore. "*Aïe! Ça fait mal!* Spero di non essermi fratturata la caviglia. Potresti venire, Jean-Pierre? Non so come fare, e Cécile non risponde al telefono."

Era sconvolta.

"Oh, santo cielo," esclamai preoccupato, ma anche un po' sollevato perché avevo temuto di peggio. "Certo che vengo, arrivo subito! Tu stai calma e non ti muovere."

"Ma sei già in viaggio?"

"No, non ti preoccupare, non sono ancora partito."

Alla fine dovevo quasi ringraziare Océane.

Sbattei il portabagagli, saltai in macchina e uscii a razzo dal parcheggio. Place des Vosges non era lontana, ma quasi tutte le strade erano a senso unico. Imprecando, zigzagai in quell'intrico di divieti per avvicinarmi il più possibile. Mi fermai con le quattro frecce accese davanti al Pavillon de la Reine, il *grand hôtel* proprio sulla piazza, e spiegai al portiere, che mi stava già facendo cenno di no con il dito guantato di bianco, che era un'emergenza.

"Non può parcheggiare qui."

"Lo so, faccio in un attimo! Per favore, mia nonna è caduta ed è sola in casa!"

Non so nemmeno io come sono riuscito a portare fuori dal suo appartamento la povera Mamie che si lamentava sofferente. Venne ad aprire appoggiandosi a un ombrello *à pois*, bianca come un lenzuolo. Per fortuna abitava al secondo piano e non al quinto e per fortuna non si nutriva esclusivamente di *tartelettes aux framboises*, ma non fu facile lo stesso, perché lungo le scale dovetti quasi sollevarla. Poi, abbracciati stretti come due innamorati, zoppicammo fino alla mia macchina, che grazie a Dio era ancora davanti all'hotel dove l'avevo lasciata. Tutta quell'operazione era durata almeno un quarto d'ora, e quando arrivammo una poliziotta della municipale stava già digitando con aria soddisfatta il numero di targa sul suo piccolo marchingegno da spia.

"Mi... mi scusi... è un'emergenza, aspetti," ansimai, trascinandomi dietro Mamie che gemeva.

"Gliel'ho detto anch'io," mi informò il portiere, che osservava la scena dal suo posto di vedetta. "Le ho spiegato che sarebbe tornato subito."

"Be', *subito* è un'altra cosa." L'agente mi squadrò impassibile. "Sa quante volte l'ho sentita, la scusa dell'emergenza, giovanotto?"

"No, non lo so," ribattei, spalancando la portiera mentre cercavo di sorreggere Mamie, che barcollava in precario equilibrio sulla gamba destra, il piede sinistro sollevato a mezz'aria. "E non mi interessa, perché questa è davvero un'emergenza! Sarebbe così gentile da darmi una mano, invece di pensare a farmi la multa? Non vede che questa donna sta male?"

"La polizia è al servizio dei cittadini... Ma certo!" rincarò sarcastico il portiere, che aveva deciso di schierarsi dalla mia parte.

Si fermò anche un passante, un signore di mezza età. Si sistemò i piccoli occhiali con la montatura dorata e rivolse uno sguardo ostile alla vigile. "Ho sentito che dopo un certo numero di multe ricevono un bonus. Loro con la scrittura si guadagnano da vivere, noi scrittori invece no."

"Moderi i toni. Esistono anche le sanzioni per oltraggio a pubblico ufficiale," lo avvisò lei. Poi mi aiutò a sistemare mia nonna sul sedile anteriore. Mamie si lasciò cadere di peso e cacciò un urlo quando urtò inavvertitamente la portiera con il piede dolorante.

"*Bonne chance*," disse la poliziotta, toccandosi la visiera del cappello blu. "Non posso più annullare la multa, ormai è registrata," aggiunse. "La prossima volta le consiglio di chiamare un taxi o un'ambulanza, così non dovrà parcheggiare in divieto di sosta."

Circa un'ora dopo eravamo di ritorno dall'ospedale. Parcheggiai di nuovo in divieto di sosta, ma in una strada laterale più discreta, e pregai che non mi beccassero. Adesso Mamie aveva sostituito l'ombrello con un paio di stampelle, al piede sinistro indossava una scarpa ortopedica. Tutto sommato, ce l'eravamo cavata veramente con poco, mi ripetevo mentre camminavamo a passo di lumaca. Se non altro, non avevamo dovuto aspettare troppo al pronto soccorso. Evidentemente i parigini avevano preferito non sprecare quella splendida giornata di sole cadendo da qualche parte o slogandosi qualcosa. Il giovane medico con i capelli neri aveva tastato a lungo la caviglia gonfia di Mamie, muovendole delicatamente il piede in tutte le direzioni, poi le aveva fatto una radiografia e l'aveva fasciata.

"È stata fortunata, Madame," aveva concluso, dopo aver esaminato la lastra sullo schermo retroilluminato alla parete. "Non c'è niente di rotto. Il trauma coinvolge solo i legamenti, ma so che è altrettanto doloroso." Strinse il braccio di mia nonna per farle coraggio e prima di salutarci le consegnò qualche antidolorifico. "Guarirà perfettamente. Tenga il piede sollevato e ci metta sopra del ghiaccio," le disse in tono gentile.

"Grazie," rispose Mamie, toccandosi i capelli biondo cenere tagliati a caschetto per accertarsi che fossero ancora in ordine, poi si fece aiutare a scendere dal lettino. "Ha fatto un ottimo lavoro. È proprio un bravo medico," dichiarò.

"E lei una brava paziente," sorrise lui.

Intanto aveva richiamato anche Cécile, agitatissima per aver sentito i messaggi disperati di mia nonna in segreteria. Aveva una copia delle chiavi, e quando entrammo era già lì.

"Stai tranquillo, mi occupo io di Isabelle," mi disse, mentre sistemavo Mamie nella sua *bergère*, avvicinavo il poggiapiedi e le alzavo con cautela la gamba.

"Sì, tu vai, Jean-Pierre," disse anche mia nonna, che si era un po' ripresa. "Altrimenti farai tardi."

Prese la tazza che le porgeva la cugina, spiegando: "Il ragazzo deve andare a un matrimonio nell'Entre-Deux-Mers e, se non fosse stato per questo stupido incidente, sarebbe in viaggio da un pezzo. Mi dispiace così tanto".

"*C'est bon, Mamie.*" Controllai l'orologio. "Ce la faccio." Ero già in ritardo sulla tabella di marcia ma, se fossi partito subito, forse sarei riuscito ad arrivare a un orario decente. Da quel momento in poi, però, doveva filare tutto liscio. Pensai con preoccupazione alla mia macchina, ferma in divieto di sosta con le quattro frecce accese.

"Che mattina movimentata," commentai scuotendo la testa e guardando la grossa scarpa di Mamie da cui spuntavano solo le dita. "Ringrazia di non esserti rotta l'osso del collo."

"O il femore," si inserì Cécile. "Che è quasi peggio."

"*Oui, oui,*" glissò mia nonna, e sorseggiò il suo tè. "Non fate gli uccelli del malaugurio."

"Perché sali ancora in piedi sulle sedie alla tua età, Mamie? Promettimi di non fare più sciocchezze."

"La maggior parte degli incidenti succede in casa," precisò Cécile. "E la cucina è il luogo più pericoloso in assoluto."

"Oh, quante storie!" si spazientì mia nonna. "È tutta colpa di quegli orribili sandali Birkenstock che mi hai regalato tu, Jean-Pierre. Me li ero tolti per salire sulla sedia e quando sono scesa ne ho calpestato uno e ho preso una storta. Quegli affari sono rigidi come pezzi di legno, come fa la gente a camminarci? Per non parlare dell'estetica. Non devo mica rinunciare all'eleganza solo perché sono vecchia. E poi che razza di nome è, Birkenstock? Sembra una medicina."

Mi venne da ridere. "Oggi li portano tutte le ragazze, Mamie. Vanno di moda."

Cécile confermò. "È vero, Isabelle. Anche le modelle alle sfilate di *prêt-à-porter.*"

"Roba da matti," si scandalizzò lei. "Ma in che mondo viviamo? Ai miei tempi ci si vestiva con gusto, e a nessuno sarebbe mai venuto in mente di indossare delle scarpe che fanno sembrare i piedi due zampe di elefante."

"Lo so, Mamie, hai ragione. Ora però abbi cura di te, *d'accord*? Torno domani sera." Mi chinai per darle un bacio. "Devo proprio scappare."

"Anche tu abbi cura di te, Jean-Pierre. E non correre," si raccomandò.

"Non c'è pericolo, con la mia macchina non potrei nemmeno se volessi."

7.

Poco dopo sfrecciavo sulla A10 in direzione Bordeaux. Anche con una vecchia Citroën si può raggiungere una discreta velocità, se si tiene premuto l'acceleratore a tavoletta. Fissavo concentrato la strada, stando attento agli autovelox. Quella mattina avevo già rimediato una multa, la seconda me la sarei evitata volentieri. Di certo un matrimonio non rientrava nei casi di emergenza.

Ripensai con un mezzo sorriso alla poliziotta ferma sull'altro lato della strada come uno sceriffo quando, uscito da casa di Mamie, mi ero precipitato alla macchina.

"Ancora lei! Almeno si sbrighi!" aveva esclamato, agitando minacciosa il palmare. "È davanti a un passo carrabile, stavo per chiamare il carro attrezzi."

"Vado via subito!" mi ero affrettato a rispondere, mentre salivo e spegnevo le quattro frecce. "Mia nonna..."

L'agente aveva annuito alzando gli occhi al cielo. "*Une urgence, je sais*. A proposito, come sta?" aveva chiesto in uno slancio di solidarietà.

"Abbastanza bene, grazie."

Ero partito salutandola con un cenno della mano, e lei aveva ricambiato.

La giornata non era iniziata sotto ottimi auspici, poco ma sicuro. Prima l'improvvisata di Océane e poi l'incidente di Mamie, a quel punto non poteva che migliorare.

Mi appoggiai allo schienale e passai in rassegna tutto quello che era successo in quelle ore, mentre chilometro dopo chilometro mi avvicinavo alla mia meta. Orléans, Blois, Tours, Poitiers – procedevo spedito, e il paesaggio sfilava.

Chi vive a Parigi a volte dimentica quanto grande sia in realtà la Francia, e soprattutto quante zone poco spettacolari ci siano nella parte interna del paese. Lungo l'Atlantico con le sue coste frastagliate, le onde spumeggianti e il cielo infinito, il discorso è diverso; e anche tra le pittoresche colline della Provenza, con i suoi incantevoli borghi incastonati in fila come perle; o in Côte d'Azur, con le sue cittadine sul porto, le barche a vela che beccheggiano placide sull'acqua e la spiaggia bianca di Pampelonne, che invita a fare un bagno nel mare turchese. Ma nella fascia centrale, quella che stavo attraversando in quel momento, la Francia è essenzialmente due cose: vasta e verde. Boschi, campi, prati, rocce calcaree, turbine eoliche. Ogni tanto una fattoria annidata lì nel mezzo.

Mi accorsi che piano piano la vista di quello scenario sempre uguale mi distraeva e mi focalizzai sul ricevimento.

Chissà com'era adesso Paul. E che aspetto aveva sua moglie. Sarà stata bionda? Ridacchiai. Sì, devo dire che ormai ero curioso. Naturalmente ci sarebbero stati i suoi genitori. E il fratello François. A parte loro, avevano invitato qualcun altro che conoscevo?

A pochi chilometri da Libourne si accese la spia della benzina. Decisi di fermarmi alla prima stazione di servizio per fare il pieno e bere un caffè. Cominciavo ad accusare la stanchezza, avevo bisogno di qualcosa che mi ricaricasse.

Mentre avanzavo verso la pompa, all'improvviso mi superò una Mini verde bottiglia, che rientrò tagliandomi la strada, inchiodò, tornò indietro sgommando e mi toccò il paraurti. Accadde tutto talmente in fretta che ebbi a malapena il tempo di frenare. Imprecai spaventato e fissai il parabrezza.

Dalla Mini saltò fuori una ragazza in jeans e T-shirt, con degli enormi occhiali da sole neri e lunghi capelli rossi fermati da una pinza rosa. Qualche ciocca le ricadde sul viso quando afferrò impaziente l'erogatore e lo estrasse di scatto.

Doveva essere pazza.

Spensi il motore e scesi dalla macchina.

"Scusi, eh, non potrebbe stare più attenta?" sbottai arrabbiato. "C'ero prima io. Devo fare il pieno."

Lei mi guardò di sfuggita. "E allora lo faccia. Ci sono altre pompe."

"Ma mi prende in giro? Mi ha tagliato la strada, se non frenavo la prendevo in pieno. Questa è la mia colonnina."

"La *sua* colonnina? Ma non mi dica!" Sorrise in modo sarcastico e controllò i numeri che scattavano a indicare la benzina già messa.

"*C'est ça*, la mia," ribadii scostante, ignorando il suo stupido commento. Credeva di essere spiritosa? "Mi stavo fermando, e lei mi è passata avanti, nel caso non lo avesse notato. In più, quando ha fatto retromarcia mi ha sbattuto contro il paraurti." Mi avvicinai e lo esaminai. "Ecco, vede? Qui."

Lei lanciò un'occhiata frettolosa alla mia Citroën mentre rimetteva a posto l'erogatore e avvitava il tappo del serbatoio.

"*Bon Dieu*, ma se non è nemmeno un graffio!" Si pulì le mani sui jeans, si chinò e lo sfregò con il dito. "Ecco fatto, è già venuto via," dichiarò, scrollando le spalle.

Il suo atteggiamento indisponente mi irritò.

"*Bien*, se la mette in questi termini, ora chiamiamo qualcuno a valutare il danno." Non intendevo certo chiamare la polizia, no davvero. Primo, non sono così fiscale; secondo, non avevo altro tempo da perdere; e terzo, per quel giorno con le forze dell'ordine avevo già dato. Volevo solo farle un po' paura.

"Vuole chiamare *les flics* per una sciocchezza simile? Povera Francia..." Si alzò, sollevò gli occhiali sulla fronte e mi squadrò allibita. Aveva gli occhi verdi, gli occhi più verdi che avessi mai visto.

"Chi è lei, Monsieur? Un feticista delle auto? Uno di quei piccoloborghesi che le lucidano ogni domenica?" Inarcò le sopracciglia. "Ma almeno è francese?"

"Come, scusi?!" Ormai era chiaro: quella ragazza era fuori di testa. Guidava come su una pista di Formula 1, urtava spudoratamente le altre macchine e si permetteva anche di fare l'arrogante. Ma chi si credeva di essere?

Mi piazzai davanti a lei a braccia conserte. Era *petite*, mi arrivava appena alle spalle. "Sì, sono francese, e non sono affatto un piccoloborghese."

"Ah no? Si direbbe il contrario. Me la vedevo già in uno di quei patetici club di oldtimer con la sua vecchia carretta," ribatté insolente, e per un attimo rimasi senza parole.

"Dovrebbe scusarsi, piuttosto. Sarebbe il minimo. Dove ha preso la patente, all'autoscontro? Ma almeno ce l'ha, la patente?" la scimmiottai.

Lei fece una smorfia esasperata. "Ma sì che ce l'ho. Ascolti, Monsieur, non è successo nulla, perché ne fa una tragedia? Ha bisogno di rafforzare il suo ego? *Bon*, se per lei è così importante, mi scuso. Scusi-scusi-scusi. E ora si sposti, ho fretta."

Si rimise gli enormi occhiali da sole e si allontanò sulle sue Converse nere senza più degnarmi di uno sguardo.

"Hanno fretta anche gli altri," le gridai dietro.

"Io però devo andare a un matrimonio."

"Pensi un po', anch'io devo andare a un matrimonio!"

Lei si voltò e mi scrutò da sopra la montatura, decisamente troppo grande per il suo viso delicato. Rise, e i capelli rosso Tiziano brillarono al sole.

"Ma certo, è naturale. Anche lei deve andare a un matrimonio. Molto divertente, Monsieur. Santo cielo, è questo il meglio che sa fare?"

E ciò detto si diresse verso la cassa.

Rimasi a fissarla, basito. Cosa credeva, che raccontassi balle? Che ci stessi provando? Scossi la testa e tornai alla colonnina.

Concentrati, Jean-Pierre, mi intimai. Non hai tempo per arrabbiarti. Benzina, caffè e partenza.

Riempii il serbatoio e andai a pagare. Mentre entravo, lei uscì senza guardare né a destra né a sinistra. Cercai di schivarla, ma era così spedita che ci scontrammo e i suoi occhiali caddero a terra.

"Ops!" esclamai raccogliendoli, e glieli restituii. "Faccia attenzione, Mademoiselle. La precedenza non le spetta per investitura sovrana."

Lei li afferrò bruscamente e mi fulminò con i suoi occhi verdi. "Possibile che sia sempre tra i piedi?" chiese stizzita, mentre mi superava massaggiandosi il braccio. "Gliel'ho detto, ho fretta."

"Va bene, non si inalberi..." replicai, alzando le mani.

Quando, dopo aver pagato, uscii con il mio bicchiere di caffè, la Mini verde non c'era più.

Spostai la macchina in una piazzola e aprii il portabagagli per prendere l'invito dalla borsa da viaggio. La strada fino a Libourne la conoscevo, ma da lì in avanti avevo bisogno dell'indirizzo completo. Sapevo che il castello era da qualche parte nella landa desolata intorno a Saint-Émilion, però non avevo fatto caso al posto preciso.

Ero stato così sciocco, così stupido, *così idiota* da non farci caso, mi rimproverai dieci minuti dopo. Avevo rovistato ovunque, ma niente, l'invito non saltava fuori.

"*Ce n'est pas vrai...*" mormorai. "È uno scherzo o cosa?"

Non mancava tanto, mi serviva solo l'indirizzo di quel maledetto castello. Dove si era cacciato l'invito?

Mi sforzai di ricordare. La mattina era sulla scrivania, più tardi Océane lo aveva visto, lo aveva preso e aveva iniziato il ridicolo giochetto del "non te lo do, vieni a prenderlo", ma alla fine aveva detto di averlo messo nella mia valigia.

Mi battei il palmo sulla fronte e gemetti.

Non c'era da fidarsi di Océane, meno che mai quando era così infuriata. Non mi sarei meravigliato se mi avesse raccontato una fandonia e in realtà lo avesse nascosto nel mio appartamento. Prima di partire, dovevo controllare, dovevo verificare di persona che fosse davvero in valigia. Poi però Mamie mi aveva telefonato disperata, e in tutto quel trambusto mi era uscito di mente.

Guardai l'ora. Avevo perfino recuperato un po' di tempo, quell'ennesimo intoppo non ci voleva proprio. Mi passai la mano tra i capelli e riflettei. Non avevo scelta, dovevo chiamare Océane. Presi il cellulare e selezionai il suo numero. L'utente non era raggiungibile, mi comunicò la registrazione automatica. Non potevo nemmeno lasciare un messaggio. A quel punto mi venne un orribile sospetto. Aprii WhatsApp. La foto del profilo di Océane era sparita. Anziché il suo viso sorridente, mi ritrovai a fissare un'anonima silhouette bianca su fondo grigio.

Per una volta era stata sincera, quando quella mattina mi aveva urlato che non voleva più rivedermi.

La mia ex mi aveva bloccato.

Bevvi un sorso di caffè, ancora così bollente da ustionarmi la lingua, e valutai con agitazione convulsa le opzioni che mi rimanevano. Non avevo il numero di Paul, a chi altri potevo chiedere?

Laurence! Dovevo telefonare a Laurence. Era l'unica che forse poteva aiutarmi.

La mia provvidenziale sorella rispose al primo squillo.

"Jean-Pierre!" esclamò sorpresa, e in sottofondo sentii un

acciottolio di tazze e il sibilo della macchina da caffè. "Dimmi. Sei già arrivato?"

"Più o meno... Volevo sapere..."

"Mamie sta bene, le ho appena parlato," mi interruppe.

"Ah, ottimo, ma non si tratta di Mamie," dissi. "Laurence, non trovo più la partecipazione. Devo averla lasciata a casa. Sono quasi a Libourne, ma da qui non conosco la strada." Le raccontai a grandi linee la sfuriata di Océane.

"*Bon sang*," commentò Laurence, che aveva capito al volo la situazione.

"Potresti fare un salto da me e vedere se la trovi?" domandai speranzoso. "Guarda anche sotto il divano."

"Nessun problema. Vado e ti richiamo."

Laurence aveva una copia delle chiavi e non abitavo lontano dal Café des Poètes, ma l'attesa mi sembrò infinita. Quanto ci metteva?

Bevvi il caffè a piccoli sorsi camminando avanti e indietro, mentre le macchine mi passavano accanto per immettersi di nuovo nel traffico.

Alla fine accartocciai il bicchiere, lo gettai nei rifiuti e decisi di proseguire verso Saint-Émilion per non continuare ad accumulare ritardo. Posai il cellulare sul sedile del passeggero e ripartii.

Suonò quando uscii a Libourne lasciando l'autostrada. Lo afferrai e risposi. In quella terra di nessuno non ci sarebbero stati posti di blocco, e se c'erano, pazienza.

"*Désolée*," disse mia sorella. "Ho guardato dappertutto: sulla scrivania, sotto il divano, nel cestino della carta e perfino fuori, in giardino. Sei sicuro di non averlo preso?"

"Non lo so, so solo che non ce l'ho. *Merde!*" imprecai, picchiando più volte la mano sul volante. "E ora come faccio? Non posso girare tutti i maledetti castelli della zona. Hai idea di quanti sono?"

"No, ma temo molti," rispose Laurence. "Però mi sembra che iniziasse con la C."

"Tutti i castelli iniziano con la C," sospirai.

"Non intendevo quello. Château Chablis, o qualcosa del genere. Anzi, no, era con la S, tipo Château Sancerre. Ti dice niente?"

"Ti confondi con i due vini, Laurence. Accidenti, se almeno sapessi il nome del posto."

"Credo finisse con -ac... *Mais oui!*" esclamò dopo una breve pausa. "Ora ricordo. Il posto si chiama..."

"Sì?" Mi premetti il cellulare sull'orecchio.

Lei tacque.

"*Mon Dieu*, non tenermi sulle spine!" sbottai. "Come si chiama il posto?! Laurence? *Allô*... Laurence???"

Ci fu un crepitio, le parole di mia sorella mi arrivavano solo a frammenti. Capii "an-pierre", "ecipazione" e "...ac, ...ac, ...ac".

Poi cadde la linea.

"*Non!*" gridai. "No! Laurence! Ci sei? *Allô?* Non ti sento più!" Disperato, accostai al ciglio della strada, saltai giù dalla macchina e corsi di qua e di là tenendo il cellulare sollevato in aria, nella speranza di captare il segnale.

Ma sentii solo il belato delle pecore in un pascolo alla mia destra, che mi fissavano come fossi uno strano alieno.

Laurence invece era sparita. Provai un paio di volte a digitare il suo numero, ma c'era poco campo e per giunta mi si stava scaricando il telefono. Tornai alla macchina, mi lasciai cadere sul sedile e chiusi gli occhi per qualche istante.

Poco dopo ero di nuovo *on the road*. Nulla dietro di me, tutto davanti, è sempre così sulla strada, dice Kerouac, un altro nome che finiva con -ac. Un segno?

Dopo un attimo di scoramento, avevo stabilito di proseguire e sperare in un miracolo. In ogni caso, era più produttivo che starmene lì a guardare le pecore brucare l'erba.

Tuttavia l'indizio di mia sorella si rivelò poco utile: a quanto pareva tutte le località nell'Entre-Deux-Mers, regione che tra parentesi non è affatto tra due mari come verrebbe da pensare, ma tra due fiumi, la Garonna e la Dordogna, finivano con -ac. Quale sarà stata quella giusta: Tabanac, Bergerac, Génissac o Grézillac?

Viaggiavo a gran velocità sulla strada che adesso si snodava tra i vigneti, scrutando i cartelli con ansia crescente. Mi sembrava di leggere sempre lo stesso nome, come in un incubo senza fine. Gemetti, stavo per impazzire. Poi mi controllai, sforzandomi di fare appello alla mia memoria fotografica.

Purtroppo però non l'avevo mai avuta – al contrario di Paul, a cui bastava vedere una volta un indirizzo o un numero di telefono per ricordarseli.

Cominciai ad arrabbiarmi. Perché cavolo Paul doveva sposarsi proprio in un castello, per di più sperduto nel nulla in Aquitania? Che razza di idea era? A Bordeaux i suoi genitori avevano un magnifico giardino grande abbastanza per ospitare un ricevimento di nozze. Qualche lanterna tra gli alberi, un buffet freddo, champagne e sarebbe stato perfetto, pensai arcigno. *Mais non*, oggi bisognava sposarsi come minimo in un castello, in un palazzo a Venezia, su una spiaggia delle isole Phi Phi, a piedi nudi e con una collana di fiori, oppure in una *finca* a Maiorca – e gli invitati erano costretti a macinare centinaia di chilometri solo perché gli sposi avessero foto a effetto da condividere sui social.

All'orizzonte spuntò un altro cartello, e mi chinai in avanti sul volante per decifrarlo. Il sole che stava calando mi abbagliava, strizzai gli occhi e percepii un movimento.

Per poco non investii un gatto rosso che passeggiava noncurante in mezzo alla carreggiata. Sterzai di scatto, schiacciando il freno. La macchina sbandò pericolosamente e si fermò a un paio di centimetri dal fosso.

Ripresi fiato. *Ouf!* Per un pelo. Avevo il cuore in gola.

Si era fermato anche il gatto e mi soppesava con i suoi penetranti occhi verdi carichi di disapprovazione.

"*Que veux-tu, hein?*" gli urlai, agitando la mano. "Pensi che la strada sia tutta tua? Togliti di lì, stupido, e ringrazia di essere ancora vivo."

Diedi un paio di colpi di clacson, e il gatto si mosse con flemmatica superiorità. Non sembrava molto riconoscente. Attraversò a coda dritta, mi guardò di nuovo, miagolò tre volte e sparì tra i cespugli.

Lo osservai scuotendo la testa e fu allora che vidi il cartello.

Era storto e mezzo nascosto dai rampicanti, ma segnalava a grandi lettere un castello. *Château Sanssouci*, lessi, incapace di credere a quella botta di fortuna.

Sanssouci! Ma certo! *Sanssouci!* Ecco cosa c'era scritto sull'invito, mi sembrò di ricordare all'improvviso. Sanssouci! Era lì che si sarebbe svolto il matrimonio. Studiai la piccola mappa riprodotta sul cartello: era poco dopo un borgo di nome Pénissac, tra Génissac e Grézillac.

"Trovato!" risi vittorioso. Non erano ancore le sei e ce l'avevo fatta. Nonostante tutti gli ostacoli che avevo dovuto superare, ero quasi arrivato a destinazione. Ormai mancavano meno di trenta chilometri. Mi congratulai con me stesso per aver mantenuto i nervi saldi e non essermi perso d'animo. Mai arrendersi, era quello il trucco. C'è sempre una soluzione. Fosse anche un gatto rosso che ti indica la strada.

Misi in moto e ripartii.

Una volta mia nonna mi disse che nella vita può sempre succedere di tutto. E il bello era proprio quello, aveva assicurato sorridendo. "Giri l'angolo, e capita qualcosa che non avresti mai immaginato."

Mamie è un'inguaribile ottimista. Intendeva le cose belle che arrivano quando meno te lo aspetti.

Con me invece andò così: proseguii baldanzoso, svoltai verso Saint-Émilion, vidi in lontananza il campanile della celebre chiesa monolitica scavata nella roccia che svettava in mezzo alle case con i tetti rossi e – *surprise!* – la mia vecchia Citroën fece un rumore preoccupante, avanzò a singhiozzo per qualche metro e si fermò.

"*Que se passe-t-il?*" mi spaventai.

Sul quadro lampeggiò una misteriosa spia arancione.

Di sicuro non era quella della benzina, visto che avevo appena fatto il pieno. Ricordavo parola per parola il battibecco con la pazza alla stazione di servizio e, al solo ripensarci, mi arrabbiavo di nuovo. Cercai di mantenere la calma, feci un respiro profondo e provai a riavviare la macchina. Una volta, due volte, tre volte – chi non conosce il pietoso lamento del motore che si ingolfa, esala uno sbuffo ansimante e rende l'anima a Dio? Girai la chiave, la girai ancora, dopo una pausa che reputai adeguata tentai di nuovo, ma niente da fare. Alla fine mi arresi.

Per la terza volta quel giorno azionai le quattro frecce. Poi scesi e a titolo di prova aprii il cofano. Diedi un'occhiata, ma non notai nulla di strano. Pur amando la mia vecchia auto, sarebbe stato azzardato dire che me ne intendevo. Forse l'avevo strapazzata, correndo in autostrada e accelerando appena si presentava l'occasione.

Mentre contemplavo perplesso il motore passandomi la mano tra i capelli, passò strombazzando una Mini verde. Al volante era seduta la rossa squilibrata che sogghignava come Crudelia De Mon. Anche quello era un segno. Brutto, però.

Mi appoggiai alla fiancata. La carrozzeria era calda contro la schiena. Rimasi così per un po', in attesa. Di cosa, esattamente, non lo sapevo neppure io. La strada era deserta, in giro non si vedeva un'anima, nemmeno le pecore. Solo filari di viti a perdita d'occhio. E il mio cellulare si era scaricato del tutto.

Nel frattempo erano quasi le sette. Ormai il ricevimento era iniziato da più di un'ora. Non ero semplicemente in ritardo, rischiavo di arrivare a festa finita. Sempre che riuscissi a trovare il fantomatico castello.

Avevo il sole in faccia, la camicia madida di sudore e la situazione era disperata.

Era uno di quei momenti in cui avrei fumato volentieri. Ma avevo smesso già da tre anni. Per via di Océane, che aveva sempre detestato l'odore. Certo, i miei polmoni ringraziavano, però con una sigaretta mi sarebbe sembrato tutto un po' più sopportabile.

Esausto, mi sedetti sul bordo della strada all'ombra di un albero solitario, lo sguardo fisso avanti. Riflettei se gettare la spugna e basta. Chiaramente tutto cospirava contro di me. Quel matrimonio era nato sotto una cattiva stella, se non altro per quanto mi riguardava. Forse non era destino. Era davvero un peccato ritirarsi così vicino al traguardo, ma bisognava capire quando era finita.

Mi circondai le ginocchia con le braccia e abbassai la testa. Non so quanto rimasi fermo lì. Non facevo caso al paesaggio né ai vigneti. Avevo fame ed ero di pessimo umore. Avrei potuto essere anche in pieno Midwest, in uno di quei distributori di benzina in mezzo al nulla, con la vernice rossa che si scrosta. L'eroe solitario di un film di Wes Anderson.

A un tratto sentii un rumore in lontananza e alzai gli occhi.

Un furgone blu si avvicinava sferragliando. Rallentò e si fermò dietro la mia Citroën, ancora in mezzo alla carreggiata con il cofano aperto.

Scese un uomo. Era basso di statura e massiccio, sulla sessantina, aveva la barba scura e indossava una camicia scozzese.

Diede uno sguardo all'auto spiaggiata, in cui funzionavano almeno le quattro frecce, e si grattò la nuca. Poi notò la mia triste figura sotto l'albero.

"Qualche problema, Monsieur?" chiese.

Mi rimisi in piedi, un po' stralunato, e mi riparai gli occhi con la mano.

"Sì, mi si è rotta la macchina," spiegai generico. "Sono fermo qui da un pezzo."

"È proprio un gioiellino," sorrise l'uomo con la camicia scozzese, dando un paio di pacche da intenditore sul tettuccio della Citroën.

Lo raggiunsi, sentendo spuntare un barlume di speranza. Mi ispirava fiducia, quel gentile sconosciuto che ora girava intorno all'auto esaminandola da ogni lato. Poi vide la targa.

"Viene da Parigi?"

Annuii. "Ma sono di Bordeaux," specificai per scrupolo.

"A-ha," fece lui.

"*Pardonnez-moi, Monsieur*, potrei usare un attimo il suo cellulare? Il mio si è scaricato. Non è che per caso conosce un meccanico in zona?"

"Guarda caso, sì," rispose con un gran sorriso.

E per la prima volta in quella calda giornata di giugno la fortuna girò dalla mia parte.

Robert Guyenne abitava a Saint-Émilion e si offrì di rimorchiarmi. Fino alla sua officina.

Perché Monsieur Guyenne non era solo disponibile. Era anche un meccanico.

8.

Il castello di un caldo giallo zafferano si stagliava contro il cielo cobalto quando oltrepassammo il cancello in ferro battuto e avanzammo lungo il viale di accesso. Lo Château Sanssouci sorgeva su una collinetta in mezzo ai vigneti, circondato da un parco con alberi secolari.

Due cipressi svettavano di guardia davanti alla facciata a tre piani con una torre quadrangolare sul lato sinistro. I gradini della scalinata centrale che conduceva all'ingresso erano rallegrati da anfore in pietra consumata dal tempo traboccanti di fiori.

Monsieur Guyenne si fermò con uno scossone che fece schizzare la ghiaia.

"Eccoci arrivati," annunciò, tirando il freno a mano.

"Già, finalmente. Non riesco ancora a crederci." Armeggiai con la cintura di sicurezza che, mentre tentavo di sganciare, si bloccò.

"Con calma, Monsieur Morel." Robert Guyenne si allungò verso di me e la fibbia scattò. "È andato tutto bene, due minuti in più o in meno non fanno differenza. Scommetto che nessuno si accorgerà del suo ritardo. Deve essere un ricevimento bello affollato."

Annuii, ravviandomi i capelli con le dita.

"Tranquillo, sta benissimo."

Abbassai lo sguardo sul completo blu e la camicia immacolata. In un'ora e mezzo si era compiuta la mia trasformazione da povero derelitto accasciato sul ciglio di una strada a decoroso invitato dello sposo, che indossava i gemelli e profumava di Bleu de Chanel.

"Non c'è paragone rispetto a prima." Monsieur Guyenne mi strizzò l'occhio.

"*Merci bien*," sorrisi. "*Et merci beaucoup pour tout.*"

"*Il n'y a pas de quoi*," minimizzò lui.

Avevo dimenticato quanto fosse cordiale la gente da quelle parti.

"Immagino che il suo vecchio amico sarà felicissimo di rivederla."

Monsieur Guyenne sapeva tutta la storia. Nel frattempo io e il meccanico di Saint-Émilion eravamo entrati in confidenza. Mentre trainava la mia Citroën fino alla sua officina e il nostro esiguo convoglio avanzava lentamente, avevo ritrovato la speranza e cullato l'illusione che a quell'uomo con la camicia scozzese sarebbe bastato uno sguardo al motore per riparare il danno.

In fondo, il cielo mi aveva mandato un addetto ai lavori.

L'officina era adiacente a una bella casa in pietra a vista, e Monsieur Guyenne – al quale avevo riferito in tono concitato le mie disavventure – doveva essere giunto alla conclusione che avermi tra i piedi sarebbe stato solo un intralcio e che un goccio mi avrebbe risollevato il morale, perché mi aveva accompagnato dritto in cucina e mi aveva messo in mano un bicchiere di *pastis*.

"Aspetti qui, vedo cosa posso fare. Non si preoccupi, una soluzione la troviamo."

Con un sorriso riconoscente, avevo bevuto un sorso e lo avevo guardato allontanarsi. Il mio salvatore però era ricomparso poco dopo, scuotendo la testa accigliato.

"Mi sa che oggi non riesco a sistemarla. Serve un pezzo di

ricambio e non posso procurarmelo fino a domani, se non addirittura lunedì. Devo sentire il mio amico a Bergerac."

Quando mi ero alzato dal tavolo della cucina barcollavo leggermente, forse per il *pastis* a stomaco vuoto o forse per tutta la tensione accumulata.

"Va bene," avevo detto, anche se non andava bene per niente. "Allora lascio qui la macchina. Potrebbe chiamarmi un taxi, per favore?"

"Un taxi? A quest'ora?" Monsieur Guyenne era scoppiato in una fragorosa risata. "Qui non siamo mica a Parigi, sa quanto ci vuole prima che arrivi un taxi? A quel punto probabilmente il ricevimento sarebbe già finito."

"Capisco." Avevo afflosciato le spalle. Il pensiero che in Francia si potesse non trovare un taxi non mi aveva mai nemmeno sfiorato. "Bel pasticcio."

"Niente paura. Andrà al matrimonio." Monsieur Guyenne aveva annuito con decisione. "Ce la porto io. Pénissac non è poi all'altro capo del mondo."

"Oh, ma lei è davvero troppo gentile!" avevo esclamato, e lo avrei quasi abbracciato. "Partiamo, allora! Cosa stiamo aspettando?"

"Con calma." Monsieur Guyenne si era lisciato la barba. "Immagino vorrà darsi una rinfrescata e cambiarsi, *n'est-ce pas*? Non può certo presentarsi così." Aveva indicato una porta in corridoio. "Il bagno è là."

Avevo recuperato in fretta l'occorrente dalla macchina e mi ero chiuso nel piccolo bagno. Mi ero guardato allo specchio. Ero ridotto in uno stato pietoso: scarmigliato, con una striscia nera sulla guancia e la camicia piena di macchie. No, in quelle condizioni non potevo andare da nessuna parte, figuriamoci a un matrimonio.

Quindici minuti dopo ero un uomo nuovo e, quando ero entrato in cucina, Monsieur Guyenne mi aveva guardato con la stessa espressione compiaciuta che aveva adesso.

Scesi dal vecchio Renault Estafette, presi i bagagli e salutai con la mano il meccanico di Saint-Émilion.

"Grazie ancora! Mi ha salvato la vita."

Chiusi la portiera, e lui si affacciò dal finestrino.

"È stato un piacere," disse, mettendo in moto. "Le telefono per la macchina."

Fece inversione, e solo quando se ne fu andato mi resi conto di aver dimenticato il cellulare. Sonnecchiava pacifico sul sedile del passeggero della mia Citroën. Pazienza, quella sera non ne avrei avuto bisogno.

Controllai l'orologio. Mancava poco alle nove.

Ero in clamoroso ritardo e stremato, ma almeno ero arrivato a destinazione. Mi sembrava un miracolo avercela fatta, nonostante tutti gli ostacoli. Presto avrei incontrato Paul. Paul, il mio più vecchio amico. Paul, lo sposo felice. Paul, che voleva così tanto rivedermi.

Mi batteva forte il cuore – non sapevo se per il nervosismo o per l'emozione. E di sicuro avrebbe battuto ancora più forte, se solo avessi immaginato cosa mi aspettava.

Feci un respiro profondo e alzai gli occhi.

Il castello appariva invitante e suggestivo. L'ultima luce di quella sera estiva si rifletteva sulle finestre, una tiepida brezza accarezzava dolcemente le corone degli alberi, e la piccola fontana rotonda di marmo nel piazzale mandava un leggero mormorio.

Mi bloccai per un istante. Davanti all'ingresso non c'era nessuno, però si sentivano musica e risate sommesse arrivare dal retro. Gli invitati dovevano essere in giardino.

"Su, andiamo," mi dissi.

Sistemai il nodo della cravatta, presi la mia borsa da viaggio e la shopper di Assouline e mi avviai verso l'edificio illuminato. La ghiaia scricchiolava sotto i miei piedi, e pochi secondi dopo salii la scalinata.

Entrai in un vestibolo deserto, i miei passi riecheggiarono cupi sul pavimento a scacchi tirato a lucido. Su entrambi i lati erano allineati vasi da terra con sontuose composizioni di rose rosa e orchidee bianche. Sfarzosi lampadari di cristallo diffondevano una calda luce dorata, alle pareti dipinte di verde scuro erano appesi antichi ritratti di principesse e baroni che mi fissavano dall'alto con regale contegno.

Per un attimo ebbi l'impressione di essere l'unico ospite in un castello incantato. La reception era deserta, posai la borsa dietro il bancone e mi guardai intorno esitante. In quel momento dal piano di sopra arrivò un giovane uomo con i capelli rossi, che scese in fretta e senza fare il minimo rumore le scale rivestite da una spessa guida. In mano aveva un vassoio con due calici vuoti.

"*Bonsoir Monsieur, puis-je vous aider?*" si informò.

"*Oui, merci,*" risposi sollevato. "Dovrei andare alla festa di nozze."

Lui inarcò appena le sopracciglia. "Temo sia iniziata da ore, Monsieur. I signori sono tutti in giardino o nel salone. Non aspettavamo altri ospiti, per questo all'ingresso non c'è più nessuno."

Annuii mortificato. "Lo so, purtroppo sono molto in ritardo."

"L'importante è che sia arrivato," sorrise, e posò il vassoio sul bancone. "Viene da lontano, Monsieur? Ha fatto buon viaggio?"

"Non esattamente," replicai, ripensando alla mia odissea. "In realtà abito a Parigi, ma la mia macchina ha avuto un guasto per strada ed è rimasta in officina."

"*Mon Dieu, c'est tout à fait terrible.*" Il giovane sospirò affranto, come se quel contrattempo lo toccasse personalmente.

"Se non è un problema, preferirei lasciare qui la borsa e ritirare dopo la chiave della camera, così non aggiungo ritardo al ritardo."

"Ma certo, Monsieur, naturalmente. Lei è?..."

"Morel. Jean-Pierre Morel." Presi la shopper di Assouline. "C'è una prenotazione a mio nome."

"Perfetto, Monsieur. Le chiedo di attendere solo un istante." Sistemò la mia borsa in un piccolo deposito bagagli di fianco al bancone e mi diede un tagliando celeste. "Questo lo consegna dopo allo *chef de réception*, lo informo subito del suo arrivo, Monsieur Morel. Ha fatto bene a prenotare," commentò. "Quasi tutti gli ospiti si fermano per la notte, e siamo al completo." Sorrise. "Prego, se vuole seguirmi..."

Alla fine del lungo corridoio, dietro una monumentale porta bianca a cassettoni che il mio accompagnatore spalancò con un ampio gesto, comparve un magnifico salone con colonne di marmo rosso, stucchi al soffitto e pareti gialle. Alti tavolini rivestiti di stoffa, divani e poltroncine stile Impero invitavano a sedersi, come avevano fatto i due o tre signori di mezza età impegnati in un'animata conversazione. Il resto degli invitati doveva essere fuori, dalle vetrate completamente aperte si intravedevano una terrazza in pietra illuminata da alcune torce e il parco sotto il cielo che stava scurendo. Dal basso salivano musica e voci.

"*Et voilà*," sorrise il giovane uomo con i capelli rossi. "Il ricevimento è all'aperto. Le auguro una buona serata, Monsieur. Se vuole, può lasciare qui il regalo." Indicò una madia scura addossata a una parete, carica di fiori, pacchetti ed eleganti borse di carta con nastri variopinti, a cui aggiunsi quella di Assouline.

Poi uscii, mi appoggiai alla balaustra e guardai il giardino, dove la festa era entrata nel vivo. Il crepuscolo era calato sul castello, negli alti candelabri d'argento tremolavano le fiamme delle candele, sotto gli alberi secolari erano disposti lunghi tavoli apparecchiati in bianco e decorati con vasi di rosmarino e petali di rosa, illuminati da una miriade di lampadine tonde che brillavano tra i rami come tante piccole lune. Nei rigogliosi cespugli intorno al giardino sbocciavano rose di tutti i colori, e nell'aria si sentiva un buon profumo di lavanda e arrosto che mi fece venire fame. Gli ospiti sedevano ai tavoli, indugiavano al buffet, chiacchieravano a gruppetti o passeggiavano bevendo champagne nel parco del castello, che sembrava davvero molto grande.

Saranno stati un centinaio, forse anche di più, riuniti per festeggiare gli sposi. Devo ammettere che fui molto colpito dalla vista di così tante persone in abito da sera che avevano l'aria di divertirsi parecchio. Ai piedi delle scale un'orchestrina formata da sassofono, contrabbasso e chitarra suonava vivaci pezzi swing, ma su un lato del giardino era montata la postazione del dj che più tardi avrebbe fatto ballare tutti con la sua musica.

Rimasi per un po' affacciato alla terrazza, cercando con gli occhi Paul o almeno la sposa: vestita di bianco non doveva essere difficile da individuare. A un primo sguardo però non vidi nessuno dei due. A un tavolo allestito con particolare cura, che perciò immaginai essere quello d'onore, erano riuniti alcuni invitati, tra i quali un eccentrico signore in completo a tre pezzi azzurro cielo, cravatta giallo canarino e fazzoletto abbinato, ma le due sedie ornate con una ghirlanda di fiori a capotavola erano vuote.

Scesi lentamente i gradini di pietra per mescolarmi agli altri. Che non fecero caso a me. Mi venne da sorridere, non avrei dovuto preoccuparmi così tanto. Robert Guyenne aveva ragione: il mio ritardo era passato inosservato. A parte il cameriere, che si fermò per offrirmi un calice di champagne, nessuno mi notò.

Bevvi un sorso e avanzai, osservando i visi sorridenti degli ospiti. Non ne conoscevo nemmeno uno. Dov'era Paul? Possibile che non riuscissi a trovarlo?

L'assegnazione dei posti, sempre che ci fosse stata, ormai non valeva più e ovunque regnava un'allegra anarchia: c'era chi mangiava già il dessert e chi tornava al buffet per il bis di *terrine de sanglier*, *filet mignon*, *saumon* o *fruits de mer*.

Quando mi passò davanti un cameriere con un enorme vassoio di *tartelettes aux framboises*, lo intercettai.

"*Excusez-moi*, potrebbe dirmi che fine ha fatto lo sposo?"

Lui mi guardò stupito. "Lo sposo? Non ne ho idea. Non è qui?"

"Magari c'è, ma non lo vedo."

"Poco fa era nel salone, accanto al tavolo dei regali." Il cameriere mi rivolse un breve cenno della testa e raggiunse il buffet con il suo prezioso carico.

Strano, pensai. Fino a pochi minuti prima ero lì anch'io. Finii lo champagne e guardai in su verso il castello. Dalle vetrate usciva una calda luce dorata, e adesso sulla terrazza c'erano un paio di persone. Ma Paul non era con loro.

Nello stesso momento mi sentii tirare per la giacca e mi voltai sorpreso.

Una signora anziana e bassa di statura, che indossava un caffettano verde scuro con un motivo a occhio di pavone, mi osservava incuriosita. Sui capelli grigi lunghi fino al mento portava un turbante coordinato impreziosito da una spilla di smeraldo, e alla collana d'oro che le scendeva sul seno era appeso un ciondolo a forma di cartiglio egiziano. Aveva l'aspetto che avrebbe avuto Cleopatra alla sua età, se non si fosse uccisa facendosi mordere da un aspide. E prima che avessi il tempo di chiedermi cosa potesse volere da me, iniziò a parlare.

"Cerca lo sposo, giovanotto? Ha appena tenuto uno splendido discorso. Così arguto e brillante. Lei non lo ha sentito?" domandò con una punta di rimprovero.

"Ecco... non proprio," rimasi sul vago. Che Paul sapesse essere molto convincente lo sapevo, ma che fosse anche un grande oratore mi giungeva nuova. A quanto pareva il vero amore aveva portato alla luce alcune sue qualità nascoste. Sogghignai.

"Oh, mi dispiace tanto." Madame Cleopatra mi guardò impietosita. Forse pensava che fossi duro d'orecchio.

"Purtroppo sono arrivato tardi," misi in chiaro.

"Peccato, meritava davvero." Giocherellò con il ciondolo, lasciando vagare lo sguardo. "In effetti non lo vedo più, ma sarà qui in giro." Ridacchiò. "Voglio dire, un uomo così prestante non può certo essere svanito nel nulla. Forse sta facendo due passi nel parco per sgranchirsi le gambe. Si sa, i matrimoni sono belli ma stancanti."

Annuii per gentilezza, la mia esperienza in fatto di matrimoni era alquanto limitata. Mi meravigliò che l'anziana signora definisse Paul "un uomo prestante", ma a una persona piccolina come lei chiunque avesse un'altezza media doveva apparire un colosso.

"Comunque, poco fa era laggiù con la sposa." Indicò il tavolo con le due sedie ornate di fiori, dove adesso l'eccentrico signore con la cravatta gialla flirtava con una bionda molto più giovane. "Provi a chiedere a loro."

"Buona idea, Madame. Grazie del consiglio."

L'atmosfera al tavolo d'onore era più che rilassata.

"Sposo o sposa?" si informò la combriccola che si era radunata intorno a Monsieur Cravatta Gialla e che doveva aver fatto onore al vino rosso.

"*Pardon?*" domandai a mia volta, senza capire. Sul momento pensai che mi chiedessero se cercavo lo sposo o la sposa.

"È nella squadra dello sposo o in quella della sposa?" chiarì la bionda, e tutti risero.

"Ah. Dello sposo," sorrisi. "Sono Jean-Pierre Morel, un suo vecchio compagno di scuola."

"Benvenuto, vecchio compagno di scuola!" esclamò Monsieur Cravatta Gialla. Aveva un inconfondibile accento inglese, e immaginai fosse il padre della sposa. Mi guardò divertito, e i suoi occhi tondi erano azzurri almeno quanto il completo di sartoria che indossava.

"Beva un bicchiere insieme a noi. Il posto dello sposo si è appena liberato. Prego, si accomodi!" Si alzò educatamente, con un cenno verso una delle due sedie. "Le va del vino rosso? Ma certo che le va! Voi francesi adorate il vino rosso, specialmente se è un Saint-Émilion Grand Cru."

Un secondo dopo mi ritrovai non so come sulla sedia di Paul, mentre l'inglese – che si presentò come Mr. Charles Buckman – mi versava un generoso bicchiere.

"*Cheers!*" brindò. "Allo sposo! E al vecchio compagno di scuola dello sposo! All'amicizia!"

"All'amicizia!" gli fecero eco gli altri alzando i bicchieri, e io sorrisi alla compagnia che mi aveva accolto in maniera tanto calorosa. Poi assaggiai un sorso di quel vino dai riflessi intensi nel panciuto ballon e lo trattenni sulla lingua. Era morbido e vellutato, con aromi di prugna, ciliegia e mora. Non ero un intenditore come il padre della sposa che, come mi aveva scritto Paul, possedeva un'azienda vinicola, ma accidenti se era buono.

"Veramente ottimo," apprezzai. "Un grande Bordeaux."

"Lei crede?" Mr. Buckman sventolò la mano e sogghignò con aria complice. "Se proprio devo essere onesto..." Mi si avvicinò e abbassò la voce. "Una pinta di birra non la cambierei con tutti i vini rossi del mondo." Si lasciò cadere di peso sulla sedia ridendo di gusto, e risi anch'io. Charles Buckman mi aveva appena offerto un esempio del tanto decantato umorismo inglese, che noi francesi non riusciremo mai a uguagliare.

"Bella questa, Mr. Buckman, ma non dirà sul serio."

"Oh sì, invece, sono serissimo," replicò lui con una buffa smorfia. "Secondo me soprattutto questo Saint-Émilion è enormemente sopravvalutato, *isn't it*?" Mi strizzò l'occhio, e bevemmo ancora.

"Temo di non essere d'accordo, Mr. Buckman," stetti al gioco. Paul era proprio fortunato ad avere un suocero così simpatico.

"Be', se lo dice lei, giovanotto!" Fece roteare il vino nel bicchiere, assorto. "Sa, in realtà non ci capisco nulla," proseguì con *understatement* tipicamente britannico. "Faccio solo finta." Arricciò le labbra come se fosse a una degustazione e mi fissò. Si vedeva che si stava divertendo.

"Non le sembra di essere un po' troppo modesto, Mr. Buckman?" Popolo bizzarro, gli inglesi. Qualsiasi produttore francese avrebbe fatto della sua etichetta una religione. "Non credo a una sola parola. Anzi, sono pronto a scommettere che il vino per questa sera lo ha fornito lei."

"Io l'ho pagato, ma lo ha scelto lo sposo." Sorrise benevolo. "Un bravo ragazzo. E di grande talento."

Annuii. Poi ricordai che non avevo ancora visto Paul. "A proposito, dov'è? Vorrei salutarlo, ma purtroppo sono arrivato in ritardo e non lo trovo da nessuna parte."

"Lo sposo non è più qui," dichiarò lapidario Mr. Buckman, e a un tratto il suo viso si rabbuiò.

"Cosa? In che senso?" Valutai le prime spiegazioni che mi vennero in mente. Paul non si sentiva bene? Aveva mangiato un mollusco avariato ed era a letto con i crampi allo stomaco? Oppure lui e Marie erano partiti per il viaggio di nozze prima che finisse il ricevimento?

"Sta cercando la sposa." Mr. Buckman bevve un altro sorso del sopravvalutato Grand Cru e sospirò.

Era peggio di quanto pensassi. Gli sposini avevano già litigato, e Marie se n'era andata.

"E… ha idea di dove possa essere?" chiesi con la massima cautela possibile.

"A sbronzarsi in qualche bettola, *I suppose.*" Mr. Buckman scosse la testa con espressione contrariata.

"*Mon Dieu,*" dissi sconcertato, poi rimasi in silenzio. Marie aveva un problema con l'alcol? Dopo tutto quello che mi aveva scritto Paul sulla sua futura moglie, non me lo sarei mai aspettato.

"Mi… mi dispiace molto," aggiunsi infine.

A quel punto intervenne la bionda, che aveva sentito l'ultima parte della nostra conversazione.

"Ora basta, Charles, smettila di tormentare questo poveretto," disse, e mi guardò dall'altro lato del tavolo. "Non deve dispiacersi, Monsieur. È tutto a posto. La sposa è stata semplicemente *rapita,*" scandì, disegnando in aria delle virgolette, "da alcuni amici dello sposo, e lo sposo deve trovarla. È solo una vecchia tradizione innocente, che il distinto signore inglese al suo fianco non approva."

"Esatto, Claire," ribatté lui irritato, partendo in quarta. "Non capisco che senso abbia ubriacarsi e nascondere la sposa. Sono spariti da ore. Cosa ci stiamo a fare, in questo magnifico castello in Aquitania? Perché così tanti invitati si sono presi la briga di arrivare fin qui per festeggiare il matrimonio? Non certo per puro patriottismo, per quanto non nego che c'entri anche quello."

Mr. Buckman si interruppe, mentre gli altri esclamavano "Senti, senti!", e d'istinto ripensai all'osservazione di Paul sull'Aquitania, che in passato era appartenuta agli inglesi, e all'importanza che quella regione aveva per loro ancora oggi, tanto che sembrava facessero a gara per celebrare le nozze lì.

"In fondo siamo venuti per loro due," riprese Mr. Buckman dopo una pausa. "E il minimo che si possa pretendere è che siano presenti. Se si tratta solo di bere, mi pare che qui il vino non manchi, quindi perché tutta questa pagliacciata?"

“Santo cielo, perché è *divertente*, Charles!”

“Non direi proprio, *really not*!” ribadì lui in tono deciso. Per Mr. Buckman i castelli dell'Aquitania dovevano aver perso di colpo tutto il loro fascino. Non potevo che dargli ragione.

Dopo le peripezie che avevo superato per arrivare, in effetti avrei voluto vedere Paul. In fin dei conti avevo affrontato quel lungo viaggio per lui. Ricordavo vagamente di aver sentito parlare del “rapimento della sposa”, un'usanza che in pratica consisteva nell'indulgere ad abbondanti libagioni, e il divertimento era che il conto lo pagava lo sposo. A qualunque cifra ammontasse.

Buttai giù l'ultimo sorso rimasto nel bicchiere e mi alzai. Nel frattempo Claire continuava a bisticciare con Mr. Buckman, sostenendo che era un guastafeste. Gli altri ascoltavano interessati, commentavano, facevano battute e si versavano il Saint-Émilion. La prospettiva di dover aspettare chissà per quanto ancora la comparsa dello sposo mi aveva rovinato l'umore. Inoltre dovevo assolutamente mettere qualcosa sotto i denti. Non avevo mangiato nulla per tutto il giorno e avevo un buco allo stomaco.

“È stato un piacere,” dissi rivolto alla combriccola. “Faccio un salto al buffet. Ci vediamo.”

“*The pleasure was mine*.” Mr. Buckman sollevò lo sguardo e mi sorrise prima di proseguire l'animato battibecco con la bionda Claire, che invece non si accorse neppure che me ne stavo andando.

Non avevo intenzione di tornare al tavolo d'onore ed ero piuttosto sicuro che nessuno avrebbe sentito la mia mancanza. Mentre mi allontanavo, improvvisamente mi sembrò di essere fuori posto. Non sono certo un sociopatico – voglio dire, da anni gestivo con successo un locale a Parigi, ogni giorno incontravo molte persone e avevo organizzato un gran numero di eventi, ma da tempo non partecipavo da solo a una festa. Di matrimonio, per giunta. Forse il mio spaesamento era normale. Mia sorella avrebbe reagito diversamente, io però ero arrivato in ritardo e mi ero perso tutto – l'accoglienza, la presentazione degli invitati, l'apertura del buffet, gli auguri spiritosi, e perfino gli sposi.

Avrei fatto meglio a restarmene seduto al mio posto e fingere di ascoltare discorsi su strampalate tradizioni nuziali che in realtà mi annoiavano a morte? Avrei dovuto portare Océane? No, Océane no! Sfidavo chiunque a essere così disperato. Magari però mia sorella?

Mi diressi indeciso al buffet, allestito sul lato lungo del giardino. Credo di essere stato l'unico che in quel momento non chiacchierava con qualcuno, non rideva con qualcuno, non brindava con qualcuno, non teneva a braccetto qualcuno, non era insieme a qualcuno.

No, non è del tutto vero. Mentre camminavo guardando gli alacri camerieri che riempivano vassoi e scaldavivande, notai una figura per conto suo davanti al buffet. Era una donna alta e snella, con i ricci biondi. Indossava un vestito azzurro e mi dava la schiena. Trattenni il respiro. Non era Camille quella che prendeva con eleganza una terrina di *crème brûlée*? Il mio cuore iniziò a battere di gioia e per una frazione di secondo credetti di nuovo ai miracoli. Sì, era Camille! L'avrei riconosciuta tra mille. Cosa ci faceva lì? Domanda stupida: quello che ci facevo io. E perché mai Paul non avrebbe dovuto invitare la sua ex, considerando che aveva invitato mezzo mondo?

Camille era venuta da sola, proprio come me, e quel matrimonio era la nostra seconda possibilità. All'improvviso quella giornata da dimenticare acquistò un senso. Mi sentivo rinato, mentre avanzavo deciso verso il buffet e le persone si spostavano per farmi passare. Mi fermai un attimo dietro di lei, ancora ignara della fortuna che le sorrideva.

"*Coucou Camille!*" esclamai, coprendole gli occhi.

Lei spostò le mie mani ridendo e si voltò.

La donna con il vestito azzurro non era Camille. Le somigliava, ma era una perfetta estranea che mi osservava sorpresa.

"*Je vous connais?*"

Scossi la testa mortificato. Mi sgonfiai come un palloncino da cui è uscita tutta l'aria. Non sapevo cosa dire.

"Monsieur?" mi incalzò lei, inarcando le sopracciglia. "Cosa vuole da me?"

"Niente," riuscii ad articolare. "L'ho vista qui da sola e ho pensato che lei… che lei fosse…"

"In cerca di compagnia?" terminò la frase.

"Un'altra."

"Oh." Ora la sua voce era meno sprezzante. "Camille?"

"Già."

"Be', io sono Carole, ma immagino che questo non la consoli."

"No, infatti. La prego di scusarmi. È stato un errore, non è la persona che cercavo."

Carole prese la sua *crème brûlée* e si girò per andarsene.

"Può ancora trovarla," sorrise.

"Sarebbe bello," mormorai, mentre si allontanava. "Ma temo proprio di no."

Dopo il pietoso e imbarazzante intermezzo, decisi di concentrarmi sul buffet, anche se ormai non ero più dello spirito giusto per apprezzare la vasta scelta di squisitezze presentate ad arte.

Mi riempii il piatto a caso, chiedendomi dove fossero i genitori di Paul. E suo fratello François. Non erano al tavolo d'onore, e nemmeno Paul aveva accennato a loro nella sua lettera. Quello però non significava nulla. Con molta probabilità, mentre gli sposi facevano il giro dei bar, ne avevano approfittato per ritirarsi un momento nelle loro camere.

Presi ancora un paio di *vol-au-vent* con le acciughe. D'altro canto, riflettei, in dieci anni possono succedere molte cose. La gente moriva, le famiglie litigavano e non si parlavano più – e il fratello minore di Paul non era sempre stato un tipo solitario con il pallino della natura, che già da piccolo diceva di voler andare in Canada a studiare gli orsi?

Comunque fosse, prima o poi sarebbero saltati fuori. Oppure no. Di sicuro Camille non era alla festa, ma tanto a cosa sarebbe servito abbandonarsi a un vecchio amore dell'università, che era già finito male una volta?

Frustrato, tirai le somme della giornata. Punto primo, accettare l'invito a quel matrimonio era stata una pessima idea. Punto secondo, lì non conoscevo nessuno. Punto terzo, avevo bevuto troppo senza mangiare niente, prova ne era che iniziavo ad avere le allucinazioni e importunavo estranee in cui credevo di riconoscere Camille. Ora però basta. Mi sarei seduto da qualche parte con il mio piatto in attesa che Paul tornasse, gli avrei fatto le congratulazioni, avrei detto qualche parola gentile su sua moglie e poi me ne sarei andato a letto. Per me la serata era finita, e se solo avessi avuto la mia macchina sarei ripartito al volo per Parigi. Ma la mia macchina era dal meccanico, perciò ero bloccato a quello stupido ricevimento.

Pregai il cielo che Paul ritrovasse in fretta la sposa.

Poi mi voltai e morsi stoicamente un *vol-au-vent*. Mentre masticavo fermo in piedi, ebbi l'impressione che qualcuno mi stesse osservando da un po'. Sul momento non diedi peso alla cosa, ma alla fine alzai gli occhi.

Avevo detto che lì non conoscevo nessuno? Ebbene, devo correggermi.

Ammetto di non aver riconosciuto subito la donna a pochi passi da me, seduta a un tavolo vicino al buffet con una *tartelette* nel piatto.

La metamorfosi era impressionante.

Indossava un abito da cocktail color albicocca con un discreto accenno di *paillettes* sul corpetto e una collana di perle a più fili. I capelli rosso Tiziano le ricadevano in morbide onde sulle spalle scoperte. E i suoi occhi erano più verdi del verde.

Era la squilibrata della stazione di servizio, che mi guardava con un sorrisetto divertito.

9.

La fissai e per poco non mi andò di traverso il *vol-au-vent*. Non sarei stato così sbalordito nemmeno se mi si fosse materializzata davanti Océane. Di tutte le persone al mondo, la donna della Mini era l'ultima che mi sarei aspettato di trovare a quella festa.

Inghiottii il boccone e alzai gli occhi al cielo. Ci mancava solo lei per concludere degnamente la serata. Dopo il suo inqualificabile comportamento alla pompa di benzina avrei dovuto ignorarla, ma non ci riuscii, perché continuava a squadrare me e il mio piatto stracolmo. Arricciò le labbra rosse, e io ebbi la netta sensazione che mi stesse prendendo in giro.

Alla fine non ce la feci più e la raggiunsi al tavolo. Era seduta all'angolo e i posti accanto a lei erano vuoti. Di fronte, un'elegante coppia di mezza età conversava con un'altra coppia insieme alla figlia adolescente, che dalla faccia avrebbe preferito essere ovunque tranne che lì. A qualche sedia di distanza, un ometto secco secco in panama e completo di lino bianco – di sicuro l'invitato più vecchio al matrimonio – fece sparire un coltello d'argento in un tovagliolo, e la bambina con le trecce al suo fianco, che seguiva attenta la magia, batté le mani elettrizzata.

"Ancora!" esclamò.

Quando mi avvicinai con il mio piatto, la rossa sollevò le sopracciglia e posò il cucchiaino da dessert.

"Ma guarda un po' chi c'è." I suoi occhi scintillarono.

"Non gliel'ha mai detto nessuno che è da maleducati fissare le persone?" replicai infastidito.

"Oh, vuole di nuovo che mi scusi con lei?" Piegò la testa di lato con aria sarcastica. "Ma che sorpresa. Il signor So-tutto-io del distributore. È proprio lui in carne e ossa, e scostante come sempre."

"La sorpresa è tutta mia," puntualizzai, scegliendo di sorvolare sul signor So-tutto-io. "Anche se ne esistono indubbiamente di più belle che incontrarla qui."

"Già, il mondo è piccolo."

"Parole sante. Troppo piccolo per tutti e due, mi sembra."

Mentre stavo per andarmene, commentò: "E lei mi sembra piuttosto di cattivo umore, Monsieur. Ha rimesso in sesto la sua vecchia macchina? L'ultima volta che l'ho vista era piuttosto affranto".

Ripensai a come era sfrecciata con la sua Mini gongolando compiaciuta, mentre io ero rimasto in panne sul ciglio della strada.

"Lei, al contrario, mi sembra molto contenta."

"Certo, perché non dovrei esserlo? La *mia* macchina funziona." Si abbandonò contro lo schienale e dondolò il piede nel grazioso sandalo dorato con il tacco alto. "Coraggio, faccia un sorriso! Dopotutto è riuscito ad arrivare anche con quel catorcio."

"Così pare," mi limitai a dire. Non era tenuta a sapere che "quel catorcio" era in officina.

"E cosa ci fa qui?"

La domanda mi irritò, tanto più che da un bel po' me lo stavo chiedendo anch'io. Cosa ci facevo lì, oltre a starmene impalato come un idiota con un piatto pieno in mano? Mi sforzai di mantenere la calma.

"Esattamente quello che ci fa lei, suppongo. Sono uno degli invitati. Gliel'avevo detto che dovevo andare a un matrimonio e che lei non era l'unica ad avere fretta. Mi è passata avanti alla stazione di servizio, lo sa benissimo."

Notai soddisfatto che un leggero rossore le salì alle guance.

"Credevo lo avesse detto tanto per dire. Mi sembrava poco probabile."

"Eppure. Sono un amico dello sposo."

"E io sono un'amica della sposa."

"Almeno questo lo abbiamo chiarito," ribattei seccato.

Lei sorrise, e mio malgrado sorrisi anch'io.

Poi lasciò scivolare lo sguardo sul mio piatto. "Deve essere terribilmente scomodo mangiare in piedi quella montagna di roba. Non vuole accomodarsi?"

Riflettei un attimo. "*Pourquoi pas*," accettai infine.

In qualche modo dovevo pur ammazzare il tempo finché Paul non si decideva a tornare. E non c'era una gran differenza se lo facevo con l'allegra banda di bevitori capeggiata da Mr. Buckman o con la rossa svitata.

Dunque mi sedetti accanto a lei sospirando, posai il piatto e rivolsi un cenno di saluto agli altri, che mi lanciarono una rapida occhiata e ripresero le loro conversazioni. Solo l'adolescente imbronciata sembrò risvegliarsi di colpo e ci osservò con interesse.

"Non conosco nessuno qui, un tavolo vale l'altro."

"*Très charmant*. È sempre così gentile con tutti?" Si spostò per farmi posto, e il suo vestito rimase impigliato alla mia sedia. Si chinò di scatto cercando inutilmente di liberarlo.

"Aspetti." La aiutai, e le nostre mani si sfiorarono. Alzai la testa e incontrai i suoi occhi verdi puntati nei miei. Entrambi distogliemmo in fretta lo sguardo.

Tagliai un pezzetto di *filet mignon*. Ormai si era un po' raffreddato, ma era molto tenero e veramente ottimo. Dopo qualche fagiolino e un paio di forchettate di *gratin dauphi-*

nois mi sentii già meglio. Un cameriere attento si era accorto che al tavolo a un lato del buffet si era aggiunto un commensale e arrivò subito con una bottiglia di Saint-Émilion e un bicchiere.

"Permette, Monsieur?"

Se non altro il servizio era eccellente. Niente da ridire.

Annuii, e lui mi versò il vino. Ne bevvi un sorso, avvertii subito il suo effetto benefico e tra me ringraziai ancora una volta il tanto eccentrico quanto modesto Mr. Buckman per quel nettare divino. Poi mi dedicai alla *terrine de sanglier*. Il cinghiale era sublime, e chiusi gli occhi deliziato.

"Ora non parla più, *hein*?" mi rimproverò la donna al mio fianco.

"*Pardon?*" Riaprii gli occhi. Dovevo aspettarmelo che non mi avrebbe lasciato in pace. "*Excusez-moi*," spiegai masticando, "ma non ho mangiato niente tutto il giorno e mi stavo sentendo male dalla fame."

"Se continua a trangugiare così, presto si sentirà male di nuovo."

"D'accordo," concessi, misi momentaneamente da parte coltello e forchetta e mi pulii la bocca con il tovagliolo. "Di cosa vorrebbe parlare?"

"Sto aspettando una risposta."

"Una risposta?" ripetei. "Ah sì? E qual era la domanda?"

"*Mon Dieu*," si spazientì lei. "Ma allora non mi ascolta. Le ho chiesto se è sempre..."

"Alt," la bloccai, alzando la mano. "Ora ricordo. Pensavo fosse una domanda retorica."

"Non faccio mai domande retoriche."

"*Bien, alors.*" Mi misi comodo e bevvi un sorso di vino. "Diciamo che non siamo partiti bene."

Lei concordò e storse la bocca.

"Anzi, rettifico..."

Il suo sguardo si fece curioso.

"Siamo partiti malissimo. E questo… probabilmente… mi ha portato a non essere gentile e affabile come invece sarebbe nella mia natura." Sorrisi magnanimo.

"Parla sempre così?"

"Così come?"

"Be', in maniera… *pomposa.*" Sventolò le mani disegnando un cerchio e sorrise ironica.

La fulminai con un'occhiataccia. "A prescindere dal nostro spiacevole battibecco al distributore, oggi è andato tutto storto," mi infervorai. "Se proprio ci tiene a saperlo, non la definirei una giornata felice."

"Questo lo avevo capito." Appoggiò il mento sul palmo e mi guardò da sotto in su. "E di solito?"

"Di solito cosa?"

"È felice?"

La fissai spiazzato, senza sapere cosa dire. Ci conoscevamo da due minuti, e lei mi chiedeva se ero *felice*? La prima impressione che avevo avuto appena l'avevo vista alla stazione di servizio trovò conferma: quella donna era mezza matta. Non poteva farmi una domanda del genere, era troppo personale.

Mi sbagliavo.

"È felice?" ripeté infatti con maggiore insistenza, mentre l'orchestrina suonava una versione jazz di *Some Enchanted Evening* e il contrabbasso dava tutto se stesso.

"Ho sentito, non sono sordo. Ma non potremmo affrontare l'argomento dopo esserci presentati?"

"*Oui, bien sûr.*" Mi diede la mano. "Sono Juliette Rivière. E lei?"

Qualche divinità burlona in vena di scherzi aveva deciso che trascorressi la serata proprio con la donna della stazione di servizio. Mi disse il suo nome, io le dissi il mio, e fu l'inizio della fine a tutti gli effetti memorabile che più tardi avrebbe avuto il ricevimento di matrimonio.

Non avevo mai incontrato qualcuno come Juliette, questo è certo. Ma non avrei saputo dire se in bene o in male. Era semplicemente diversa da tutti gli altri.

Di solito quando due adulti sopra i trent'anni si conoscono, si attengono ad alcune regole generali. Si presentano e si chiedono a vicenda cosa fanno, con un implicito riferimento al lavoro, dopodiché conversano di argomenti poco impegnativi: dei vini che preferiscono, dei ristoranti che consiglierebbero, dei film che hanno visto o dei posti che secondo loro vale la pena visitare. Se poi si trovano particolarmente simpatici, può capitare che si scambino aneddoti e ricordi privati. Per il resto, però, la maggior parte di noi evita di esporsi troppo, in una forma di difesa che affonda le proprie radici nella nostra atavica paura del rifiuto.

Per Juliette Rivière simili consuetudini non avevano la minima importanza. Diceva quello che pensava, abitudine che all'inizio scambiai per sfacciataggine bella e buona. Solo dopo un po' mi resi conto che il suo essere così schietta non dipendeva da una mancanza di tatto – anzi, era un'attenta osservatrice e una persona profondamente empatica –, ma da una purezza d'animo quasi infantile che era riuscita a conservare. Non mentiva affatto quando mi aveva detto che non faceva mai domande retoriche. Juliette non amava i convenevoli, le interessavano le cose fondamentali della vita, tutto il resto per lei era solo una perdita di tempo. La sua impazienza la spingeva ad arrivare subito al punto, parlava con il cuore in mano, come si dice. I suoi modi così anticonvenzionali mi disorientavano e mi affascinavano nella stessa misura.

Sul momento però mi spiazzarono e basta.

È felice?

Era piuttosto insolito iniziare una conversazione tra estranei con una domanda del genere. Perlomeno a me non era mai capitato, e lo trovai alquanto fuori luogo.

Ero felice? Non lo sapevo. Sostanzialmente sì, tutto sommato, abbastanza, ogni tanto, in realtà non spessissimo e non tantissimo, di sicuro non quel maledetto giorno che mi aveva riservato solo patemi e seccature – compreso l'incontro con quella giovane donna dagli occhi verdi, che mi aveva rigato la macchina e dato del piccoloborghese ferendo la mia autostima.

Naturalmente non lo dissi a Juliette, non sono il tipo che sbandiera tutto ciò che gli passa per la testa.

"Accidenti, che domande. Cosa significa essere felici..." cercai di svicolare. "Cioè... Santo cielo, chi è davvero felice?!" Mi strinsi nelle spalle. "Forse sono più soddisfatto che felice." Sorrisi. "Di certo non come lo sposo," ironizzai, "che per la felicità si è addirittura dimenticato di noi poveri invitati." Guardai l'orologio. "Già le dieci meno un quarto." Se non altro era passata quasi un'ora. "Che ne pensa di questa usanza di rapire la sposa? Un po' sciocca, *non*?"

"Sta eludendo la mia domanda," osservò tranquilla Juliette. "Ma non importa. Alla maggior parte delle persone non piace sentirsi chiedere se sono felici. A meno che non siano innamorate, allora non smetterebbero mai di parlare della loro felicità, come se il loro amore fosse la cosa più eccezionale e straordinaria della storia." Sulle sue labbra aleggiava un leggero sorriso, mentre rigirava l'anello d'oro con il rubino che portava al medio. "E... be', in effetti è proprio così. Innamorarsi fa sentire speciali. Non c'è niente di meglio. Chi ama è felice, molto semplice."

"Ah. Davvero?" Sollevai le sopracciglia. "Non l'avevo mai messa in questi termini." Spostai il mio piatto di lato. "Quindi basta innamorarsi e il mondo diventa automaticamente un posto migliore," commentai sarcastico.

"Esatto," confermò Juliette, senza smettere di sorridere.

"Per esempio, cosa mi dice della donna bionda che era al buffet poco fa?"

"Quale donna?"

"Quella con il vestito azzurro. Quando le ha coperto gli occhi era felice."

"Oh... si riferisce a quello..." minimizzai agitando la mano e tacqui, imbarazzato. A quanto pareva aveva notato la mia gioia di rivedere la presunta Camille. "Non le sfugge niente, *hein*?"

"Questo è un ottimo posto di osservazione." Prese il cucchiaino da dessert e iniziò a tracciare ghirigori sulla tovaglia.

"E crede che la cosa la riguardi?" domandai.

"No, se lei non vuole."

Lo disse con una tale naturalezza che a un tratto mi sentii uno stupido.

"L'avevo scambiata per un'altra," borbottai. "Credevo fosse una persona che conoscevo."

"Una persona che *amava*, intende."

"Sì, anche. Un grande sbaglio."

"Non deve dire così." Mi diede un'occhiata severa. "Quello che si fa per amore non è mai uno sbaglio."

"In questo caso lo è stato," puntualizzai con decisione.

"Sul momento però le sembrava la cosa giusta, alla fine conta solo quello."

"Hmm. Non saprei..."

"Non possiamo cambiare il passato, perciò non ha senso prendersela troppo. È più semplice accettarlo. Mi creda, non lo dico tanto per dire."

"Sì, come no," mi spazientii. "La solita psicologia spicciola. Aspetti un attimo, non sarà mica una strizzacervelli?"

"No." Lei scosse la testa, avvolgendomi con il suo profumo. "Semplicemente parlo per esperienza."

La guardai interessato. "E non si è mai pentita?"

"No, non di quanto ho fatto per amore."

Mi sfuggì un lamento strozzato, e lei mi batté delicatamente il cucchiaino sul braccio.

"Non vuole raccontarmi cosa è successo, Jean-Claude?"

"Jean-Pierre," la corressi, e lei si mise la mano davanti alla bocca.

"Jean-*Pierre*, ma certo. La prego di scusarmi, sono un disastro con i nomi! È una cosa di famiglia. In compenso non dimentico mai un viso," dichiarò orgogliosa. "L'ho riconosciuta subito, appena l'ho vista al buffet." Mi squadrò da capo a piedi. "Benché faccia tutta un'altra figura in completo elegante. Molto attraente."

"Ricambio il complimento. Io invece ci ho messo qualche secondo a capire che era lei."

Non potei fare a meno di pensare alla donna in jeans e Converse nere, con gli enormi occhiali da sole e i capelli legati alla meglio che mi era passata avanti alla pompa di benzina. E ora sembrava una principessa, mentre si lisciava con grazia il vestito seduta accanto a me. Piegò la testa di lato sorridendo, i capelli lucenti come rame e le perle intorno al collo che brillavano alla luce delle candele.

"Farò finta di non aver sentito," concesse. "E ora mi racconti cosa significa per lei la donna in azzurro."

"Neanche per idea."

"Oh, andiamo!"

"Assolutamente no."

10.

Non so come ci riuscì, forse le donne con i capelli rossi possiedono davvero poteri magici, fatto sta che alla fine le confidai tutta la vicenda che riguardava me, Paul e Camille. Non feci nomi e mi limitai a riferire il minimo indispensabile, ma Juliette non ci mise molto a capire che l'amico che mi aveva soffiato la ragazza ai tempi dell'università e lo sposo del matrimonio che stavamo festeggiando erano la stessa persona.

"Però lo ha perdonato, altrimenti non sarebbe qui," dedusse prontamente al termine della mia storia.

"Sì, immagino sia così, anche se ci ho messo un bel pezzo. Ora però mi fa piacere rivederlo." Guardai verso la scalinata di pietra, dove un paio di invitati ridevano allegri. "Ma se non si sbriga a farsi vivo, mi sa che mi arrabbierò di nuovo."

"Non è andato via da tanto. È lei che è in ritardo."

"Sì, lo so. Ci siamo mancati per poco." Sospirai. "E sono molto curioso di conoscere la sposa."

Juliette si chinò verso di me e mi guardò con aria complice. "Attenzione, sto per farle una rivelazione. La sposa non è bionda, a quanto pare il suo amico ha cambiato gusti."

"Sul serio?" Ero sinceramente sorpreso. "Non lo avrei mai detto. Non dopo il vero e proprio culto che avevamo per le bionde." Scossi la testa. "Un'assurdità, a pensarci bene. Quindi ha ampliato i suoi orizzonti."

"E lei?" Gli occhi di Juliette brillarono.

"Io continuo ad avere un debole per le bionde," risposi, stringendomi nelle spalle. "Le altre non mi interessano."

Lei mi guardò in tralice, e improvvisamente si rabbuiò. "Dice davvero?"

"Sì, certo." La fissai con aria innocente per qualche secondo, poi non ce la feci più e scoppiai a ridere. "Non mi guardi con quella faccia! Sto scherzando. Così impara a chiamarmi signor So-tutto-io."

"Oh, si vergogni!" protestò, e mi colpì con il tovagliolo.

Io mi tirai indietro ridendo e sollevai il braccio per proteggermi, urtando il mio bicchiere di vino mezzo pieno, che si rovesciò sulla tovaglia e iniziò a rotolare.

"Attento!" gridò Juliette, ma ormai era troppo tardi.

Ci chinammo nello stesso momento per prenderlo al volo e sbattemmo la testa l'uno contro l'altra, mentre il bicchiere cadeva a terra andando in frantumi.

"Oh no!" si lamentò Juliette, e si rialzò massaggiandosi la fronte.

"Niente di grave! Porta fortuna," esclamai, raccogliendo con attenzione i pezzi di vetro. "Ohi ohi, ha una testa bella dura, Milady!"

"Stavo per dirglielo io, Milord. Credo di avere una commozione cerebrale."

Ridemmo della nostra goffaggine. Le due coppie di mezza età, che evidentemente non condividevano il nostro divertimento, ci guardarono severe per capire cosa ci trovassimo di tanto buffo. La ragazza adolescente invece doveva aver apprezzato il siparietto comico, perché ridacchiava cercando di non farsi notare. E anche il signore anziano in fondo al tavolo, che nel frattempo aveva interrotto i giochi di prestigio perché la bambina era scomparsa chissà dove, ci sbirciò incuriosito e scalò di un paio di posti verso di noi per non perdersi il resto dello spettacolo.

Quando ci ricomponemmo tornando seri, provai un grande senso di leggerezza. Quella vecchia storia, che per così tanto tempo era stata un mio grande cruccio, all'improvviso mi apparve del tutto insignificante. In ogni fase della vita capitava di commettere qualche sciocchezza, fare cose assurde e senza senso, ma era legittimo anche sbagliare, perché si poteva decidere sempre e solo in relazione a quel determinano momento.

Un cameriere si affrettò a ripulire, raccolse gli ultimi vetri e mi portò un altro bicchiere.

"*Je suis vraiment désolé*," dissi, mordendomi le labbra.

"Si figuri, Monsieur. Non è mica la fine del mondo."

Le sue parole mi sembrarono quasi profetiche.

Ci riempì di nuovo i bicchieri, e brindammo.

"Alle cose belle che verranno!" disse Juliette. "Essere felici è una scelta, e a volte bisogna fare i conti con le ombre del passato."

Le sue parole mi sorpresero. Non l'avevo mai vista in quel modo.

"Giusto, lasciamoci il passato alle spalle," approvai. "Cavolo, però, sono stato proprio uno stupido. E così patetico. Se ripenso a come ho attraversato mezza Parigi di notte solo per lasciarle una poesia nella cassetta delle lettere..."

"Non dica sciocchezze! È stato un pensiero adorabile."

"Ma non è servito a granché."

"Era la ragazza sbagliata," stabilì Juliette. "O il momento sbagliato. O tutte e due le cose. Comunque sia, la poesia non c'entra niente. Molte ragazze lo avrebbero considerato un gesto molto romantico." Si arrotolò una ciocca intorno al dito e mi scoccò un'occhiata maliziosa. "Io, per esempio. A me piacciono, le poesie."

"Allora le piacerebbe anche il mio locale. È nel Marais, si chiama Café des Poètes, e alle pareti sono appese tante poesie celebri. Una volta o l'altra dovrebbe venirmi a trovare. Se capita a Parigi, intendo…" conclusi esitante. Non avevo idea di dove abitasse.

"Oh sì, ci capito spesso," disse lei. "E conosco bene il Marais, ma il suo locale non l'ho mai visto."

"Dobbiamo assolutamente rimediare. Non è molto grande, però è molto particolare, vedrà."

"Adesso mi ha incuriosita."

"Per me sarà un vero piacere offrirle un caffè."

"Mi sta tentando." Mi osservò da sotto in su, sistemandosi i capelli dietro l'orecchio. "Quando vuole, sa essere davvero gentile, Jean-Pascal."

"Finalmente se n'è accorta. Sempre che si riferisca a *me*," aggiunsi con un sorriso allusivo.

"In che senso?"

"Non so chi sia Jean-Pascal," la punzecchiai. "Io sono Jean-Pierre."

Juliette rise e posò il bicchiere. "Vero, ha ragione. Comunque sì, mi riferisco a lei. Non sia severo, non è colpa mia se non ricordo i nomi."

"*C'est pas grave.* La serata è ancora lunga, possiamo fare un po' di pratica."

"Molto spiritoso."

"Molto spiritoso, *Jean-Pierre*," la corressi. "Il trucco è ripetere il mio nome finché non le resta in mente."

"E se non mi andasse?"

"Potremmo provare con un piccolo stratagemma, creando delle associazioni o delle assonanze… Aspetti…" Riflettei un attimo. "Jean… suona un po' come *Juliette.* E Pierre come… come *mon ami Pierrot*… La conosce, *Au claire de la lune*?" Canticchiai la prima strofa della famosa filastrocca.

"Certo che la conosco, si impara da bambini."

"Anche se in realtà non è esattamente una filastrocca per bambini."

"Ah no?"

"No, non è affatto così innocente come sembra."

Ricordavo bene il seminario all'università, durante il quale avevamo analizzato parola per parola l'antica canzone popolare. "Il testo è pieno di riferimenti erotici, infatti parla di un monaco licenzioso che alla fine si chiude in camera con una dama bendisposta."

"*Oh là là!* Non mi dica!" Si appoggiò allo schienale e mi fissò sorridendo. "Per caso è una proposta sconveniente?"

"Santo cielo, no! È solo una specie di promemoria," mi difesi, alzando le mani. Quel botta e risposta iniziava a piacermi. "Se non vado errato, io non sono un monaco e lei non è una dama."

"Non sia sfrontato, Jean-Pierre!"

Sollevai l'indice. "Visto? Funziona già. Mi ha appena chiamato Jean-Pierre. Dovrebbe ringraziarmi."

"Sì, sarebbe stato un insegnante perfetto," replicò a tono. "Sto bene nel mio piccolo *café*. Passerà a salutarmi, la prossima volta che verrà a Parigi?"

"Bisogna vedere se ne avrò il tempo. Ho sempre molti impegni a Parigi."

Mi rivolse un sorriso indecifrabile, e mi resi conto di non sapere nulla di Juliette Rivière – tranne che in macchina non rispettava la precedenza e che era un'amica della sposa. Non sapevo da dove venisse, che lavoro facesse o se l'anello con il rubino significasse qualcosa. Lei, al contrario, conosceva quasi tutta la mia vita.

Aveva detto di capitare spesso a Parigi, quindi non ci viveva. Ma perché ci capitava spesso? Andava dal fidanzato? Dalla famiglia? D'altro canto, se era un'amica della sposa e i genitori della sposa avevano un'azienda vinicola nell'Entre-Deux-Mers, forse abitava in zona. Magari proprio a Saint-Émilion. In quel caso, però, non l'avrei incrociata a un distributore poco prima di Libourne. Forse abitava a Lione o a Poitiers o a Le Havre. Il mondo era piccolo, come aveva dimostrato quel ricevimento, ma la Francia era grande.

"*Un sou pour vos pensées*," disse Juliette, vedendomi assorto.

"Mi chiedevo dove abita," risposi con sincerità. "Non mi ha raccontato niente di sé."

Lei mi guardò sorpresa. "Forse perché non mi ha domandato niente. Cosa vuole sapere di preciso?"

Mi accorsi di arrossire. Era vero, non le avevo domandato niente. Tutte le domande le aveva fatte lei.

"Vive da queste parti?"

Scosse la testa. "Ho una casetta in campagna a Les Andelys, a un'ora buona da Parigi. Era di mia nonna. Si può dire che sono cresciuta lì."

Le brillavano gli occhi, mentre parlava con entusiasmo della casa in legno azzurro, con le rose bianche che si arrampicavano lungo i montanti della veranda, e del giardino in cui crescevano meli, cespugli di more e ortensie, che arrivava fino alla sponda di un ruscello.

"Da piccola amavo quella casa, e la amo ancora. La mattina mi sveglio con il cinguettio degli uccelli, e la sera il sole tramonta nell'acqua. Lì il tempo scorre molto più lento che a Parigi, e le giornate sono scandite dal ritmo della natura."

"Sembra un vero paradiso," dissi, bevendo un sorso di vino. Anche Juliette prese il bicchiere, e lo tenne sollevato per un attimo, inseguendo i propri pensieri.

"Sì, è splendido," affermò, e a un tratto il verde dei suoi occhi si addolcì. "Sono così contenta che mia nonna mi abbia lasciato la sua casa. Prima per un certo periodo ho abitato a Parigi, vicino al Jardin du Luxembourg, però mi mancava Les Andelys. Sa, in campagna la differenza tra le stagioni è più intensa, e si trovano sempre soggetti interessanti."

"Capisco," commentai, chiedendomi cosa potesse significare. Juliette Rivière era forse una fotografa?

Lei notò il mio sguardo interrogativo.

“Dipingo,” disse semplicemente.

“È una vera pittrice o lo fa per passione?”

“Entrambe.” Sorrise. “Se non lo facessi per passione, non potrei dipingere. Ma è anche il mio mestiere. Ho studiato all’Académie des beaux-arts a Parigi e a San Pietroburgo, e da qualche anno guadagno piuttosto bene vendendo i miei dipinti. Ho trovato un gallerista, che ogni anno organizza una mia mostra personale a Parigi.”

“Caspita, complimenti!” La svitata della stazione di servizio era una pittrice. Dovevo metabolizzare l’informazione. “Mi sa che è la prima artista che conosco di persona. Dove espone?”

“Alla Galerie 26, in place des Vosges.”

“No! Ci passo davanti tutti i giorni per andare al lavoro.”

“Non è possibile!”

“Sì, invece. Il Café des Poètes è a pochi passi da lì, in place du Marché Sainte-Catherine. Proprio poco tempo fa ho visto in vetrina il ritratto di una giovane donna che legge in un prato illuminato dal sole.”

“Quello con la teiera rossa?”

“Sì, esatto, proprio quello!”

“*Mon Dieu! Celui-là, c’est moi!*” esclamò raggiante.

“Ma questo... be’, è davvero incredibile.”

La osservai attentamente, cercando di capire se la giovane donna sdraiata sull’erba, immersa nella lettura, fosse lei.

“È un autoritratto,” specificò Juliette, indovinando i miei pensieri. “Le piace?” ammiccò. “Dato che le interessano solo le bionde.”

Credo che quel pomeriggio, mentre ce ne dicevamo di tutti i colori al distributore, non avremmo mai e poi mai immaginato che solo poche ore più tardi ci saremmo ritrovati a chiacchierare piacevolmente durante un ricevimento di nozze.

Come seppi poi, i suoi genitori erano morti giovani, l'anello con il rubino apparteneva alla madre, e Juliette aveva avuto un paio di relazioni turbolente, a modo loro belle e talvolta orribili, di certo non noiose. Poi era stata per alcuni anni con "una persona" non meglio identificata, alla fine però non aveva funzionato. Aveva un gatto e una stanza a Parigi, dove dormiva quando si fermava in città. Un bugigattolo più che una vera stanza, precisò, ma per l'uso che ne doveva fare andava bene, inoltre si trovava proprio dietro place des Vosges.

"È veramente strano che non ci siamo mai incontrati," considerò. "Dovevamo venire in questo castello a centinaia di chilometri da Parigi."

"Proprio così." Mi chiesi se l'avrei notata, incrociandola per strada. In effetti non era il mio tipo, con i suoi capelli rossi e i modi diretti, ma dovevo ammettere che apprezzavo sempre di più la compagnia di quella giovane donna fuori dagli schemi. E comunque, se non ci fosse stata lei, mi sarei sentito spaesato per tutta la sera. Tra l'altro, senza contare che al volante era una frana e che non azzeccava mai il mio nome, in lei c'era indubbiamente *un certain je ne sais quoi*. Aveva un sorriso incantevole, era una sorpresa continua, mi disorientava e mi attraeva.

Eravamo talmente assorti nella conversazione da non accorgerci che l'instancabile trio jazz ai piedi delle scale aveva smesso di suonare. I musicisti mettevano via i loro strumenti soffocando uno sbadiglio, mentre un dj che somigliava un po' a Bob Marley, con dreadlocks scuri, occhiali da sole neri e una maglietta con la scritta *I love love*, si era già sistemato dietro alla consolle sull'altro lato del giardino. Quando dalle casse risuonarono le prime note, gridò "*Let's dance!*" sfoderando un sorriso smagliante e iniziò a muoversi al ritmo di *Celebration*, ruotando gli indici in aria. Gli invitati si riversarono sulla pista da ballo.

Ora la festa era iniziata davvero, e il dj dava il meglio di sé per far divertire il pubblico. Ogni pezzo era migliore del precedente, e tutti saltellavano allegri agitando le braccia. Gli unici che ancora non si vedevano erano gli sposi.

Nel frattempo il volume della musica era così forte che bisognava urlare per capirsi, e anche gli ospiti seduti al nostro tavolo si erano gettati nella mischia, restavano soltanto il signore anziano con il panama e il padre dell'adolescente imbronciata, che stava pulendo con cura gli occhiali di corno.

Quando il dj mise una salsa, sentii su di me lo sguardo di Juliette che mi spiava di sottecchi. Dondolava su e giù il piede nel grazioso sandalo dorato, smaniosa di ballare, ma io finsi di non notarlo e rimasi aggrappato al mio bicchiere di vino. La musica mi piaceva, e avevo anche un discreto senso del ritmo, però non sono mai stato un gran ballerino. Nei locali preferivo sedere al bar e guardare gli altri esibirsi, e al corso di ballo, che avevo frequentato ai tempi della scuola perché ci andavano tutti, ero più un tipo da lento che da cha cha cha.

Nell'attesa che Juliette passasse all'attacco, studiavo con profondo interesse il mio tovagliolo. Presto mi avrebbe spronato, era solo questione di secondi.

Lei invece si limitò a sorridere, tirò verso di sé il menu appoggiato sul tavolo e lo voltò. Prese una penna dalla sua minuscola borsetta, in cui entravano a malapena il cellulare e il rossetto, e tratteggiò qualcosa sul retro del menu, gettandomi di tanto in tanto un'occhiata concentrata.

Poi lo spinse verso di me.

Vidi lo schizzo di una coppia che ballava. L'uomo era alto e aveva i miei lineamenti. Faceva volteggiare una donna con i capelli al vento, che gli sorrideva.

Era il sorriso di Juliette, senza dubbio, e in calce si leggeva una frase scritta a lettere maiuscole:

VOULEZ-VOUS DANSER AVEC MOI?

11.

Mentre ammiravo il bellissimo disegno scuotendo la testa con rammarico, non sapevo ancora che in quell'assurda serata avrei ballato la salsa per la prima volta in vita mia.

Tuttavia avrei dovuto immaginarmelo.

Non avevo già scosso la testa dichiarando con decisione "Assolutamente no", e poi era successo l'esatto contrario?

Alle prime note di *Candela*, Juliette balzò in piedi elettrizzata e allungò le braccia verso di me.

"Forza, Jean-Pierre, balliamo!"

"Temo non sia una buona idea, Juliette. Sono negato, dico sul serio," mi schermii. "Non farei che pestarle i piedi, e non mi sembra il caso."

"Oh, niente scuse! Andiamo!" insistette lei, ancheggiandomi intorno a tempo. "*Adoro* la salsa," aggiunse con uno sguardo malizioso.

"Le credo sulla parola," assicurai, sorridendo. "Ma non ho mai ballato la salsa."

"Non importa. Le insegno io, ci vuole un attimo."

Si mise le mani sui fianchi e mi mostrò il passo base, poi mi guardò raggiante. "Visto?"

Tentò in ogni modo di convincermi, ma la mia paura di rendermi ridicolo era più grande.

"Mi dispiace davvero, Juliette. Non ci riesco proprio."

"Sì, invece! È un gioco da ragazzi. Guardi," mi esortò, ripetendo i passi in sequenza.

"Hmm..." tentennai. In un certo senso la sua tenacia era commovente, ma continuavo a sentirmi più sicuro seduto sulla mia sedia.

"Non si faccia pregare, Pierrot!"

"Non saprei..."

"Tutti sanno ballare la salsa," mi sfidò lei, divertita.

"Io no."

"Io sì!" disse di punto in bianco qualcuno dietro di noi.

Mi voltai e rimasi basito nello scoprire chi aveva deciso di farmi concorrenza.

Era l'anziano signore con il panama, che aveva origliato la nostra piccola schermaglia e ora raggiungeva Juliette con insospettata agilità.

"Lasci perdere questo bamboccione, se proprio non vuole sentire ragioni!" proclamò con voce roca. "Ballo io con lei, Mademoiselle!"

Lo fissai a bocca aperta. Prima che riuscissi a intervenire, si era già tolto il cappello con un ampio gesto del braccio e inchinato davanti a Juliette. Era appena più alto di lei, e sembrava che gli occhi acquosi dovessero uscirgli dalle orbite mentre le sbirciava il *décolleté*.

"È la più bella di tutto il ricevimento, se posso permettermi," si sdilinquì il vecchio *tombeur de femmes*, posandosi la mano sul cuore.

Juliette sorrise compiaciuta. "Dopo la sposa, *naturellement*," lo rimproverò con dolcezza.

"Oh, ma quale sposa e sposa," tagliò corto. "È lei la più bella, Mademoiselle. Mi creda, se avessi dieci anni di meno farei carte false."

Se avessi dieci anni di meno?

Il nonnetto era impazzito? Ma se avrà avuto almeno novant'anni, per non dire cento!

Juliette non si formalizzò. Divertita dalle lusinghe, osservava il suo nuovo ammiratore, in attesa.

"Guillaume Vernier," si presentò lui. "Ero ambasciatore a Panama, un paese meraviglioso. E adoro la salsa, proprio come lei!" Le scoccò un sorriso accattivante, e i suoi occhi chiari brillarono.

Ero senza parole. Caspita, se ci sapeva fare. Ed era più arzillo di me che avevo un terzo dei suoi anni.

"*Mon Dieu*, se ripenso a tutte le volte che ho ballato la salsa!" sospirò sulla scia dei ricordi. "Vuole concedermi questo onore, *mi hermosa princesa*?"

Juliette annuì deliziata. La corte dell'ex ambasciatore a Panama l'aveva colpita. E chiaramente aveva apprezzato anche che l'avesse chiamata "mia bellissima principessa".

"Molto volentieri," disse; il nonnetto le offrì la mano, e io mi ritrovai fuori dai giochi.

Sbalordito, mi afflosciai sulla sedia e seguii con lo sguardo l'improbabile coppia diretta alla pista, che si faceva largo ridendo. Non mi aspettavo un simile colpo di scena: ero stato surclassato da un centenario che mi aveva portato via la compagna di tavola.

Da quanto riuscivo a intuire dal mio posto, i due sembravano spassarsela parecchio. Allungavo il collo in tutte le direzioni per non perderli di vista mentre si mescolavano agli altri invitati che si dimenavano.

L'ex ambasciatore – un vecchietto basso, in completo bianco e panama – non passava certo inosservato. E non aveva esagerato decantando le sue doti di provetto *salsero*: Guillaume Vernier ballava come un indemoniato. Incoraggiato dalla sua bella partner, sulla pista faceva faville, e mi chiesi con un pizzico di invidia per quanto avrebbe potuto sostenere quel ritmo. Se continuava così gli sarebbe venuto un infarto, e quella sarebbe stata la sua ultima salsa.

Ma per il momento quel pericolo non sussisteva.

Anzi, quando il dj mise *(Un, dos, tres) María* e tutti esplosero in un grido di gioia, Monsieur Panama alzò l'asticella, scatenandosi in passi sempre più veloci. L'abito di Juliette era un turbinio color albicocca che svolazzava e volteggiava, e non potei fare a meno di notare che lei era nel proprio elemento. Rideva felice, e la luce nei suoi occhi era più seducente che mai. Tirò indietro i capelli, intrecciò le braccia nude sopra la testa come una ballerina di flamenco e iniziò a girare intorno a Guillaume Vernier con movimenti sinuosi, attirando gli sguardi ammirati soprattutto degli uomini.

Me compreso, devo dire. La fissavo affascinato, sorseggiando il vino. A un tratto mi apparve estremamente sexy e, anche se non ero certo un fuoriclasse come l'ex ambasciatore, pensai che forse ci saremmo divertiti lo stesso a ballare insieme. Avevo sbagliato a fare tanto il difficile. Ero proprio un bamboccione.

Appoggiai con un sospiro il mento sulla mano e continuai ad almanaccare, osservando la pista in fondo al giardino.

Alcuni invitati avevano smesso di ballare e si erano disposti a semicerchio intorno alla coppia che, bisognava riconoscerlo, meritava un applauso. Loro erano l'attrazione della serata, e io me ne stavo solo soletto in disparte a guardare il disegno che mi aveva lasciato Juliette.

"Lei non ha voglia di fare quattro salti?"

Senza che me ne accorgessi, il padre dell'adolescente imbronciata, l'unico rimasto al tavolo come me, si era avvicinato riscuotendomi dalle mie profonde riflessioni. All'improvviso me lo ritrovai accanto che esaminava con interesse lo schizzo sul retro del menu.

"Permette che mi sieda qui con lei, Monsieur?"

"Come, scusi?" Guardai di sfuggita l'uomo con gli occhiali di corno neri e i folti capelli castani.

"Non vorrei disturbare," disse con gentilezza.

"No, no, nessun disturbo. Prego, si accomodi."

Lui si sedette sorridendo e sistemò la piega dei pantaloni color caffè. Indossava un paio di scarpe scamosciate marroni e, sotto la giacca, una camicia a fiorellini un po' troppo giovanile. A una seconda occhiata notai che era più vecchio di quanto avessi pensato. Più o meno sulla cinquantina. Aveva già qualche capello grigio.

Indicò la pista con una smorfia divertita. "A quanto pare siamo gli ultimi dei mohicani," disse in tono cameratesco. "Nemmeno a lei piace ballare, *hein*?"

"Ehm... no, non molto, in effetti," risposi, leggermente a disagio. Non volevo che mi vedesse come un compagno di sventura.

"Concordo pienamente," replicò convinto. "Se vuole la mia opinione, ballare è una totale perdita di tempo."

"Be', non direi proprio così. È comunque una bella cosa, a molte persone piace." Osservai Juliette, che continuava a volteggiare con Guillaume Vernier. "Io però non ne sono capace."

"E io non lo sopporto." Il mio nuovo vicino di posto sospirò esasperato. "Il problema è che mia moglie va pazza per il ballo. Tutte le donne vanno pazze per il ballo, non ho idea del perché. Deve essere un fatto genetico. Amo mia moglie, la amo davvero, ma alle feste litighiamo sempre per questo motivo."

"A-ha." Non mi interessavano i suoi problemi, avevo già i miei. Juliette aveva appena cambiato partner, e il cascamorto di turno era decisamente più giovane di Monsieur Panama.

"Ma vedo che non sono l'unico," proseguì l'uomo al mio fianco.

"In che senso?" domandai distratto.

"La sua ragazza. Quella che se n'è andata con il signore

anziano perché lei non voleva ballare. Vi ho sentiti discutere. Ha tutta la mia comprensione."

"Non abbiamo discusso," misi in chiaro. "E non è la mia ragazza."

"Ah no?" Lui mi fissò con aria perplessa. "Eppure avrei giurato che steste insieme. Ho un sesto senso per queste cose." Sorrise compiaciuto, e io scossi la testa.

"Purtroppo devo deluderla. L'ho conosciuta questa sera."

"E si è già preso una sonora sbandata..."

"Ne sa più lei di me!" risi. "La sua fantasia galoppa a briglia sciolta, Monsieur. Abbiamo semplicemente chiacchierato un po' in attesa del ritorno degli sposi."

"Oh, ora si dice così," rise anche lui. "So cosa ho visto: non stavate chiacchierando, stavate flirtando."

"Se lo dice lei." Guardai ancora verso la pista. "Ma non significa nulla. Era un flirt senza importanza, mi spiego?"

Juliette era sparita, e l'ex ambasciatore ballava con una stangona vestita di azzurro. Era Carole, la donna che al buffet avevo scambiato per Camille. Andava completamente fuori tempo, cosa che non scalfiva la sua allegria. Si era gettato nella mischia anche il mio amico inglese, Mr. Buckman, che teneva tra le braccia la bionda Claire e si esibiva in un tango strampalato, con tanto di rosa rossa tra i denti. Un gruppetto di invitati aveva improvvisato una vivace *polonaise* e, guidati da Madame Cleopatra, ondeggiavano tra i tavoli. Le fiamme delle candele tremolavano deformando il carosello di visi sorridenti, mentre la capofila con il caffettano verde saltellava con un tale entusiasmo che il turbante di seta le era scivolato sulle ventitré. Mi girava la testa solo a guardarli e per un attimo ebbi l'impressione di essere finito nel *Ballo dei vampiri* di Roman Polański. Mi riscossi e cercai di focalizzare l'attenzione sull'immagine del vestito color albicocca, nella speranza di individuarlo.

Dov'era Juliette? Non era molto gentile da parte sua piantarmi in asso con lo snervante padre dell'adolescente.

"Mi creda, Monsieur, lei è innamorato di quella ragazza," stava dicendo proprio allora. "Oppure se ne innamorerà," decretò, ammonendomi con l'indice neanche fosse onnisciente. Cominciavano davvero a stufarmi, lui e le sue profezie.

"*Oui, oui.* Faccio da solo, se non le dispiace."

Lui si sistemò gli occhiali sul naso con aria offesa. Poi trasalì, scrutandomi come se avesse appena avuto un'illuminazione.

"Per caso noi due ci conosciamo?"

"Non credo." Perché non voleva lasciarmi in pace?

"Io invece credo di sì," mi contraddisse. "Non ha quel *café* nel Marais? Il... ehm... *café littéraire*?" La sua voce grondava ironia.

"Se si riferisce al Café des Poètes, sì," replicai brusco. "Sono Jean-Pierre Morel, il proprietario."

"Monsieur Morel, giusto!" Schioccò le dita. "Deve scusarmi, non riuscivo a ricordare il suo nome. Che ci vuole fare, conosco troppa gente."

"Buon per lei. E cosa la disturba della letteratura?"

"Oh, niente... assolutamente niente. Davvero non mi riconosce? Eppure mi ha invitato a una delle sue serate."

"*Quoi?*"

"Esatto. Ha anche insistito molto, mi ha mandato diverse email. Ma dopo aver visto il suo sito, ho preferito leggere le mie opere al Salon du livre. Mi sembrava più... come dire... *appropriato.*"

Sorrise, si tolse gli occhiali e li pulì con gesti lenti e meticolosi. E in quell'istante lo riconobbi.

Seduto accanto a me c'era Hippolyte Virsini – o meglio: Hippolyte V., come si firmava. Un autore parigino, di cui si diceva che iniziasse a scrivere ogni nuovo romanzo con un bicchiere di *pastis*. Aveva raggiunto la notorietà con la trilogia *La siepe*, *La colomba* e *Il rumore*, e due anni prima era stato inaspettatamente selezionato per il Prix Goncourt. Virsini pubblicava i suoi libri con Gallimard, e naturalmente non aveva il benché minimo interesse a partecipare a un evento organizzato in un piccolo caffè letterario come il mio, per quanto all'epoca lo avessi corteggiato parecchio.

"Monsieur Virsini!" esclamai. "Perché non l'ha detto subito?" Lo fissai imbarazzato, chiedendomi come avevo fatto a non riconoscerlo. Colpa degli occhiali.

"Perdoni la domanda, ha sempre portato gli occhiali?"

"No." Se li rimise e mi guardò candidamente. "In realtà non mi servono, ci vedo benissimo." Si strinse nelle spalle. "È solo una questione di immagine. Le lenti non sono graduate."

"Ah," commentai, stupito. "Ma una persona famosa come lei ha bisogno di questi espedienti, Monsieur Virsini?"

"Il mio agente sostiene che potremmo creare un marchio. E poi mi danno un tocco da intellettuale. Tutti gli scrittori di un certo calibro portano gli occhiali." Di colpo sembrò insicuro. "Perché, non le piacciono?"

"Sì, certo che mi piacciono," mi affrettai a rassicurarlo. "Sono... importanti." Hippolyte Virsini aveva un viso dalle linee morbide, con il naso piccolo e il mento rotondo. "Solo che è per questo che non l'avevo riconosciuta, le chiedo di scusarmi."

"Nessun problema," minimizzò, comprensivo. "Françoise li trova orribili." Sospirò. "Dice che somiglio a Didier Eribon, ma io sono molto più bello, giusto?"

Annuii, immaginando che Françoise fosse la moglie con la passione del ballo, che al momento si divertiva altrove.

"Be', esistono paragoni peggiori, Monsieur Virsini. In ogni modo mi fa molto piacere averla conosciuta di persona." Decisi di prendere la palla al balzo. "E... sta scrivendo un nuovo romanzo?"

Inarcò le sopracciglia. "Secondo lei? Io scrivo sempre, *mon jeune ami*. Sem-pre!" Si picchiettò l'indice sulla fronte. "Qui dentro. Scrivo mentre cammino per Parigi, scrivo mentre viaggio sul *métro*, scrivo mentre siedo in un *café* e scrivo mentre sono a un matrimonio, *vous comprenez*?"

"Perfettamente," affermai.

"Raccolgo ciò che vedo e a un certo punto riverso tutto sulla pagina. A modo mio, *naturellement*." Virsini si sistemò di nuovo gli occhiali. "Io sono un impressionista della letteratura, una specie di Monet con la penna," dichiarò in tono solenne, poi lasciò scivolare lo sguardo sugli invitati, sul castello, le torce accese, le lampadine che oscillavano dolcemente ai rami degli alberi e il parco buio, sopra il quale era spuntata un'enorme luna piena.

"Credo di aver appena trovato il titolo per il mio prossimo romanzo. *Il matrimonio*. Eh? Che ne dice?"

Era una domanda retorica, tant'è che si rispose da solo: "Geniale, vero? Dopo *La siepe*, *La colomba* e *Il rumore*... *Il matrimonio*," ripeté, guardandomi in cerca di approvazione.

"Brillante," concordai. "Davvero fantastico, Monsieur Virsini. E quale sarà l'argomento?"

"Innanzitutto un matrimonio, ovviamente! Poi si vedrà."

Hippolyte Virsini cambiò posizione sulla sedia e lasciò penzolare un braccio oltre lo schienale.

"Ma basta parlare di me. Mi parli di lei e della sua ragazza con i capelli rossi che non è la sua ragazza. A proposito, dov'è finita?"

Cominciavo a chiedermelo anch'io. Juliette aveva deciso di non tornare più al nostro tavolo? Guardai un'altra volta la pista da ballo. Adesso Monsieur Panama era impegnato in una selvaggia milonga con una brunetta di mezza età in cui credetti di riconoscere Madame Virsini. Di Juliette invece nemmeno l'ombra, dovetti constatare con crescente inquietudine. Che se la fosse svignata insieme al bellimbusto moro?

Con improvviso sollievo, mi accorsi che la sua borsetta era ancora appesa alla sedia.

"Non saprei," risposi, indicandola. "Ma ha lasciato la borsa qui. Prima o poi tornerà."

Virsini annuì, poi tirò fuori un astuccio d'argento dalla tasca della giacca e sfilò un cigarillo. "Vuole? I Fantje sono i migliori, a mio parere."

Ne presi uno, Virsini accese il suo e allungò il fiammifero verso di me, poi inspirò lentamente e mi guardò.

"E ora mi racconti come ha conosciuto quella giovane donna. Non l'ha incontrata per la prima volta qui al ricevimento. Ho visto come vi siete salutati. Vi eravate già visti. Allora... qual è il vostro segreto?"

"Non c'è nessun segreto." Mi strinsi nelle spalle, sorridendo. "Però sì, è vero, avevo già incontrato Juliette. Molto banalmente, in una stazione di servizio."

"Una stazione di servizio? Ma è magnifico!" si entusiasmò Monsieur Virsini. "Quindi l'ha colpita subito?"

"È il termine esatto. Mi è quasi venuta addosso con la sua macchina. Il bello è che si è arrabbiata lei e ha iniziato a offendermi."

Potevo quasi sentire la mente dello scrittore che lavorava.

"Incredibile! E dopo?" mi incalzò.

"E dopo niente." Scossi la testa. "Lei aveva fretta, io avevo fretta, e ognuno ha proseguito per la propria strada. Speravo di non vederla mai più, come potevo sapere che eravamo entrambi invitati allo stesso matrimonio?"

Hippolyte Virsini chiuse gli occhi. "Il destino," mormorò in modo teatrale.

"Be', lo definirei piuttosto un caso," replicai.

"Non sia così prosaico." Aprì gli occhi e mi osservò, pensieroso. "Però non capisco una cosa. Lei è arrivato parecchio più tardi della ragazza."

"Sì, perché mi si è rotta la macchina. Ma invece di aiutarmi, quella spudorata senza cuore mi ha riso in faccia."

"*Bon Dieu!*" Virsini era allibito. "Prima le ha distrutto la macchina e poi l'ha mollata al distributore? Che insolenza!"

"Ecco... non è andata proprio così."

"E com'è andata?" domandò, curioso.

"Già, com'è andata?" Fumai il mio cigarillo e sogghignai. "D'accordo, Monsieur Virsini, le faccio una proposta: io le racconto tutto, e lei viene nel mio *café* per una lettura."

Lui rifletté per un momento. "Ci sto!" disse infine.

E così riassunsi a grandi linee le vicissitudini di quella memorabile giornata, mentre Hippolyte V. mi ascoltava con una tale attenzione che non potei fare a meno di pensare che prendesse mentalmente appunti. Considerò "geniale" il dettaglio del gatto rosso che per poco non avevo investito e "oltremodo notevole" il fatto che Juliette esponesse in una galleria davanti alle quale passavo spesso.

"Una storia formidabile," commentò, quando terminai il resoconto. "Impossibile inventare di meglio. Tiene con il fiato sospeso, in attesa di scoprire come andrà a finire. Avrei una mezza idea in proposito..."

Aveva uno sguardo trasognato che fece scattare dentro di me un campanello d'allarme. Bisogna stare molto attenti con gli scrittori: all'inizio sembrano gentili, e poi di colpo ti ritrovi in uno dei loro romanzi.

"Monsieur Virsini, immagino di poter contare sulla sua discrezione," dissi con una leggera inquietudine, e per sicurezza nascosi in tasca lo schizzo di Juliette.

"Ma certo, ci mancherebbe altro!" assicurò Virsini, gli occhi marroni che brillavano dietro le lenti. "E comunque non se ne accorgerebbe, sono un maestro del *camouflage* letterario. *Oh, chérie, te revoilà!*"

Si alzò per accogliere la moglie che era tornata al tavolo. Aveva il viso accaldato e i capelli fuori posto. “Ti sei divertita? Dov’è Pauline?”

Françoise Virsini lo baciò sulla guancia. “È ancora sulla pista, in compagnia di un ragazzo molto carino. Questo dj farebbe ballare anche uno zoppo. Dobbiamo ingaggiarlo per la nostra *fête d’été*. Si chiama Ray Love-Love, mi sono fatta dare il suo biglietto da visita.” Strizzò l’occhio al marito. “Spero non ti sia annoiato, Hippolyte, e se ti sei annoiato ben ti sta, così impari a fare il guastafeste. Cosa ti costava venire a ballare con me?”

Monsieur Virsini mi lanciò uno sguardo sofferente.

“Non mi sono annoiato affatto, *ma chérie*. Ho avuto una conversazione estremamente stimolante e sono di ottimo umore. Vogliamo bere un calice di champagne?” Prese a braccetto la moglie e mi rivolse un sorriso.

“È stato un vero piacere parlare con lei, Monsieur Morel. Ora le converrebbe andare a vedere cosa sta facendo la protagonista della nostra storia.”

12.

La protagonista della nostra storia era introvabile. Feci un giro intorno alla pista, in mano la borsetta di Juliette, ma scovai solo il centenario, che si concedeva una breve pausa sorseggiando un mojito al bar.

Era insieme a una donna che indossava un lungo abito a sottoveste rosso e agitava un ventaglio. Nei capelli neri aveva appuntato un fiore di ibisco sopravvissuto alle danze sfrenate e i suoi occhi scuri brillarono divertiti quando Guillaume Vernier si chinò verso di lei per mormorarle qualcosa. Probabilmente le stava raccontando dei tempi d'oro all'ambasciata a Panama e delle intere giornate passate tra una salsa e l'altra. Rise, e mi chiesi come facesse ad adescare tutte quelle donne attraenti.

Raggiunsi il bar e mi piazzai davanti a lui con aria torva.

"Perdonate il disturbo," esordii.

"Guarda guarda," disse Guillaume Vernier, e non so come riuscì a squadrarmi dall'alto in basso, benché lo superassi di almeno quaranta centimetri. "Il giovanotto che non vuole ballare." Arricciò le labbra in una smorfia ironica. "Ha cambiato idea?"

La donna al suo fianco pescò la ciliegia con il bastoncino da cocktail e mi fissò.

"No, per niente." Non avevo intenzione di lasciarmi mettere in ridicolo e andai dritto al sodo: "Dov'è Juliette?".

"Ah, Juliette! *Mi hermosa!* Una creatura incantevole!" Socchiuse gli occhi con un'espressione beata, senza rispondere alla mia domanda.

"Questo lo so anch'io," ribattei brusco.

"Mi fa piacere che almeno una cosa l'abbia notata." Monsieur Vernier aggrottò le sopracciglia bianche e cespugliose, scuotendo la testa. "Deludere una ragazza così bella, a Panama sarebbe punito con il carcere," scherzò, e la mora con il fiore di ibisco tra i capelli rise. "Juliette era alquanto contrariata per averla dovuta pregare. E ne aveva tutte le ragioni. Dov'è cresciuto, giovanotto, per non conoscere le buone maniere?"

"Di sicuro non a Panama," puntualizzai. "Altrimenti saprei ballare la salsa, *n'est-ce pas*?"

"Ci può scommettere," non mollò lui.

"E poi, perché proprio la salsa?" mi incaponii. "Siamo o non siamo in Francia? Possibile che non si possa ascoltare qualcos'altro?"

"È stata una scelta della sposa," spiegò la donna, mordendo la ciliegia.

"Peccato però che la sposa non ci sia," mi spazientii.

Non l'avevo mai vista e mi stava già antipatica. Lei si faceva allegramente i fatti suoi e tormentava gli invitati con quella musica allegra a tutti i costi che ti faceva diventare matto.

Guardai l'ex ambasciatore.

"Dov'è ora?"

"Chi, la sposa?"

"Non mi interessa la sposa. Maledizione, dov'è Juliette?"

Guillaume Vernier fece roteare il mojito nel bicchiere, dondolando lentamente la testa.

"Non ne ho idea. È un po' che non la vedo. Forse preferisce passare il tempo con qualcuno meno zuccone di lei."

Mi diede un'occhiata benevola, e io sentii il sangue salirmi alla testa.

"Cosa?!" sbottai. "Come si permette!"

Non so perché, ma di colpo la prospettiva che in quel momento Juliette si stesse divertendo insieme al ballerino cascamorto mi sembrava intollerabile.

"Cosa vorrebbe insinuare?" continuai a scaldarmi, torreggiando minaccioso sopra l'ometto con il panama.

"*Rien, rien du tout.*" Guillaume Vernier alzò le mani. "La mia era solo una supposizione. Non deve agitarsi così, giovanotto. Prima o poi la troverà. Ma, al suo posto, in futuro avrei più cura della mia compagna di tavola."

Lo fissai infuriato. Se non l'avesse trascinata sulla pista, Juliette sarebbe stata *ancora* la mia compagna di tavola. Se non si fosse immischiato, magari mi sarei lasciato convincere a ballare con lei. E adesso saremmo stati insieme. Strinsi così forte la sua borsetta che la fibbia mi si conficcò nel palmo.

"È tutta colpa sua," lo aggredii. "Io e Juliette stavamo passando una bella serata, finché non si è messo in mezzo lei. E comunque non sono uno zuccone. Non mi lascio offendere, tanto meno da un... da un matusalemme con un piede nella fossa."

Se l'era cercata. Mi complimentai con me stesso per la replica con cui lo avevo rimesso al suo posto. Lui era vecchio, e io ero giovane. Lui aveva tutta la vita alle spalle, io ne avevo davanti un bel pezzo. Tuttavia Monsieur Panama non sembrò particolarmente impressionato dalla mia invettiva.

"Oh, non sono così vecchio, ho solo novantun anni," mi corresse gioviale. "E, come può ben vedere, sono al mio massimo splendore."

La mora annuì. "Confermo," disse, con un'occhiata carica di ammirazione all'uomo in completo bianco.

"*Muchas gracias, mi corazón.*" Il playboy di fama internazionale gongolava orgoglioso, quando si rivolse di nuovo a me: "Alla mia età bisogna saper godere di ogni attimo. E finché il cuore batte, non si è mai troppo vecchi. Mi sono ripromesso di ballare con tutte le belle signore presenti a questa festa. Perciò, senza offesa," sorseggiò il mojito e sollevò il bicchiere, "*carpe diem!* Posso offrirle qualcosa da bere, giovanotto?". Sorrise. "A proposito, come si chiama?"

"Jean-Pierre Morel," risposi, colto di sorpresa.

L'ex ambasciatore mi smontò con la sua incrollabile positività. Forse era semplicemente troppo vecchio per aver voglia di arrabbiarsi. Mi mise in mano un bicchiere di mojito, e dopo un paio di sorsi iniziai a rilassarmi, mentre Guillaume Vernier mi confidava il suo segreto per una vita lunga e felice. Raggiante, mi illustrò i benefici del rum cubano ("Due dita al giorno tolgono il medico di torno"), di una siesta abbondante ("Rafforza il cuore"), di un buon sigaro ("Ci regala il tempo di cui abbiamo bisogno") e naturalmente del ballo ("Mantiene giovani, e questo è il miglior rimedio contro l'Alzheimer").

"Ma sa qual è la cosa più importante?" Fece un cenno al barman e ordinò altri due mojito. "La cosa più importante sono le donne," chiosò poi in tono solenne. "Queste meravigliose creature sono il motore che fa girare il mondo, *mon ami*. Ci tengono vivi."

Devo ammettere che da un certo punto di vista quello strambo personaggio non era poi tanto male. Bevevo il mio mojito, lo ascoltavo sgranare le sue perle di saggezza, fare battute e corteggiare la donna con il vestito rosso, e mi chiedevo sbalordito come si potesse essere ancora così allegri ed energici alla sua età. Infatti, anche se aveva "solo" novantun anni, come aveva precisato ironico, e tutte le intenzioni di arrivare almeno a cento, aveva comunque i giorni contati. Non occorreva essere un genio della matematica per capirlo. E cos'erano nove anni o poco più? Corrispondevano a un arco di tempo decisamente ridotto. Io, per esempio, ogni tanto pensavo con un certo sgomento a quanto fosse invecchiata Mamie e a quanti anni era realistico sperare che le rimanessero, quanti ai miei genitori, quanti perfino a me stesso. Un giorno sarebbe finita per tutti noi, la nostra vita aveva un limite; come era possibile gestire una simile consapevolezza? Questa evidenza non spaventava Guillaume Vernier?

Vuotai il bicchiere.

"*Puis-je vous poser une question, Monsieur Vernier?*"

"*Oui, bien sûr.*"

"Come fa a essere così sereno e disinvolto sapendo che la fine non è più troppo lontana?"

Lui mi lanciò un'occhiata malandrina e sorrise con la giovinezza dei suoi novantun anni.

"Ebbene, io la vedo in questo modo, giovanotto." Si interruppe, tenendomi sulle spine. Mi avrebbe rivelato un'altra ricetta segreta? Da qualche parte nella foresta pluviale di Panama aveva trovato l'elisir di lunga vita?

"Immagini che non esistano orologi né calendari e che perciò non si possa misurare il tempo." Mi fissò con i suoi occhi vispi. "A quel punto o ci siamo o non ci siamo. Tutto il resto non ha importanza, mi segue? Non stia lì a fare calcoli, non serve a nulla. O ci siamo o non ci siamo. E finché ci siamo, tanto vale divertirsi tutte le volte che possiamo."

Sì, era una teoria affascinante, per carità, ma la pratica era tutt'altro.

"Detta da lei, sembra una cosa semplicissima, Monsieur Vernier."

"Perché *è* semplicissima." Posò il bicchiere e mi osservò attentamente. "*O ci siamo o non ci siamo.* Se lo ricordi, Jean-Pierre!"

"Lo farò."

Lui annuì contento, poi mi accorsi del suo mezzo sorriso.

"*Soit dit en passant*, la sua compagna di tavola è tornata."

Mi girai di scatto verso la pista.

A pochi metri da me, Juliette ballava con il solito bellimbusto. Il vestito si gonfiò in una ruota intorno alle sue gambe quando guardò sorridendo nella mia direzione. Per un attimo mi illusi che sorridesse a me, ma lei non mi vide nemmeno, ovvio che no, e l'istante dopo si era già voltata di nuovo.

"Forza, giovanotto, cosa sta aspettando!" mi esortò Monsieur Vernier. "Si dia da fare, non avrà una terza possibilità."

Rinfrancato dai mojito, presi coraggio e marciai con piglio deciso verso la pista. Con la borsetta di Juliette a tracolla, mi feci largo tra le coppie di ballerini che si spostarono al mio passaggio. Sarei diventato lo zimbello del ricevimento, e allora? Chi se ne importava! Tutti sapevano ballare la salsa.

Mi fermai dietro Juliette e aspettai che la piroetta successiva la facesse quasi cadere tra le mie braccia.

"Oplà!" dissi, le afferrai al volo le mani e la attirai a me in un ardito passo indietro. "Permette, *mi hermosa princesa*?"

"Jean-Pierrot!" esclamò sorpresa Juliette, che barcollò finendomi addosso. La sorressi fino a quando ritrovò l'equilibrio, e la sua guancia sfiorò la mia.

"Ma cosa fai!" rise dandomi sel tu. Si scostò per fissarmi. Questa volta sorrideva proprio a me.

"Be', non si vede? Ti ho portato la borsa."

Lei guardò la borsetta di traverso sul mio petto, che non accennavo a restituirle, e sollevò le sopracciglia.

"E poi?"

"E poi ho cambiato idea. Vorrei ballare con te." Improvvisai una serie di passi che seguivano solo vagamente la musica e la guidai allontanandomi in fretta.

Il cascamorto rimase lì come un allocco quando zitto zitto gli soffiai la compagna.

"Ehi, cosa sta succedendo?" gridò. "Juliette? Juliette!"

"Cambio di partner!" risposi. "Mi dispiace, ma questo ballo è mio!"

Juliette rise e girò la testa verso di lui per scusarsi, mentre la trascinavo via con me.

Per un quarto d'ora saltellai in una danza sconclusionata, che non doveva avere molto in comune con la salsa. Juliette continuava a mostrarmi come dovevo muovermi, e io tentavo di imitarla alla meno peggio, così inciampavamo e ci urtavamo ridendo tra un volteggio e un passo falso.

Juliette si era sbilanciata un po' troppo sostenendo che tutti sapevano ballare la salsa, e non faceva che ripetere "Sei fuori tempo, Jean-Jacques!" o "*Aïe!* Quello era il mio piede!", ma a un certo punto trovai un mio ritmo e, benché andassi sostanzialmente a sentimento, fu la migliore salsa della mia vita. In ogni caso era la prima, e forse anche l'ultima, quindi non mi risparmiai. Confesso che, disinibito dall'alcol, mi sentivo alla grande. Vidi Monsieur Panama ballare con la sua Carmen e vidi la donna con l'abito azzurro. Tutti mi sorridevano e sembravano tifare per me. In particolare, però, mi sorrideva Juliette. Ero su di giri per la musica frenetica e per il suo sorriso, e sarei potuto andare avanti così per sempre. Sinceramente, era tanto che non mi divertivo come al matrimonio di Paul e Marie.

Quando dalle casse uscirono i suoni caldi di *Soy el rey*, fu come se la canzone parlasse di me. "*Soy el rey!*" intonai a squarciagola, mentre – in un eccesso di fiducia nelle mie capacità – cercavo di tenere quel ritmo indiavolato. Mi muovevo sempre più veloce, dimenavo le anche, ma dopo un'ardita giravolta che mi catapultò a bordo pista mi sbilanciai e feci un capitombolo spettacolare, portandomi dietro Juliette.

Avvinghiati l'uno all'altra, rotolammo gridando e ridendo, ma per fortuna finimmo sull'erba morbida del prato.

"*Time out!*" boccheggiò Juliette. "Non ce la faccio più."

Era mezza sopra di me, i suoi capelli mi sfioravano il viso. "Pietà, Jean-Pierre! Ho bisogno di una pausa."

Io ero atterrato di schiena e mi sforzavo di riprendere fiato, il petto che si alzava e si abbassava frenetico. "Cosa? Vuoi gettare la spugna?" ansimai. "Sei stata tu a insistere per ballare con me."

Lei sollevò la testa e spostò di lato di capelli. Mi ritrovai a fissare i suoi incredibili occhi verdi, tanto vicini ai miei che non riuscivo più a pensare. Aveva le guance in fiamme, e sentivo il suo cuore battere forte.

"È vero, ma non sapevo che fossi un pericolo pubblico," scherzò. Si tirò su mettendosi seduta e iniziò a sistemarsi il vestito.

"Non esageriamo," replicai ridendo, mentre la guardavo.

Eravamo un po' in disparte dagli invitati che continuavano ad agitarsi sulla pista alle nostre spalle. Erano tutti impegnati a folleggiare, quasi nessuno aveva fatto caso alla nostra rocambolesca uscita di scena. A un tratto però intravidi con la coda dell'occhio un uomo in completo azzurro cielo venire spedito verso di noi dal parco, tamponandosi il sudore dalla fronte con un fazzoletto giallo canarino. Dietro di lui zampettava una figura bassa con i capelli grigio scuro e un caffettano verde. Madame Cleopatra doveva aver perso il turbante lungo il tragitto.

"*Bonté divine!* Vi siete fatti male?" domandò spaventata, prima ancora di raggiungerci.

"Tutto a posto, ci siamo solo lasciati prendere un po' la mano," risposi, alzandomi in fretta e dandomi un paio di colpetti sui pantaloni per togliere qualche filo d'erba.

"Cosa è successo?" chiese Mr. Buckman, osservando allarmato Juliette che, simile a una nuvoletta color albicocca posata sul prato, si raddrizzava il corpetto tra risatine e sospiri. "Sta bene, Miss Juliette?"

Esaminò l'amica della figlia con espressione dubbiosa, poi si avvicinò a me.

"Ha bevuto troppo?" mi bisbigliò confidenzialmente all'orecchio.

"*Cheerio Mr. Buckman!*" lo salutò disinvolta Juliette, che aveva finito di rassettarsi l'abito. "Sto benissimo, e lei?"

L'inglese aggrottò le sopracciglia e scosse la testa, a disagio.

"Non mi piacciono le donne ubriache," bofonchiò, barcollando in maniera preoccupante. "Sono imprevedibili."

Madame Cleopatra reputò che fosse giunto il momento di intervenire.

"Ma Juliette non è *ubriaca*, Charles," commentò, sorreggendolo per un braccio senza tante cerimonie. "Lei e il signore sono *caduti*." Mi minacciò scherzosamente con il dito. "Saltellava come un derviscio, giovanotto. È sempre così impetuoso?"

A Juliette venne di nuovo la ridarella. "Oh sì! In effetti il giovanotto è stato piuttosto impetuoso, ma grazie al cielo non è successo niente."

"Esatto," confermai. Allungai la mano e la aiutai ad alzarsi. Lei mi strizzò l'occhio, e di colpo non fui più tanto sicuro che non fosse successo proprio niente.

"Vogliamo fare due passi nel parco?" propose, scostandosi una ciocca di capelli dal viso. Aveva ancora le guance arrossate. E uno strano sorriso. "Basta salsa per stasera."

"Sì, sono d'accordo con te," dissi.

Mentre stavamo per incamminarci, a Madame Cleopatra venne in mente una cosa.

"Alla fine lo ha trovato?" mi chiese.

"Chi?"

"Lo sposo."

"Ah, lo sposo," ripetei sorridendo, e feci cenno di no. "Macché. Non è ancora tornato."

Juliette intrecciò il braccio al mio e, per la prima volta dal mio arrivo allo Château Sanssouci, non mi interessava assolutamente nulla del mio amico Paul.

13.

Il parco del castello, che si apriva oltre il giardino e il prato, era più grande di quanto avessi creduto all'inizio. Ci inoltrammo in silenzio lungo i sinuosi vialetti bordati da siepi di bosso, piante di rose e folti arbusti ornamentali. L'aria era tiepida, ma al tempo stesso piacevolmente fresca. Più avanzavamo, e più fitta diventava l'oscurità. Non c'erano più ghirlande di luci e torce, la musica e le voci erano distanti, e ben presto si sentì solo lo scricchiolio dei nostri passi sulla ghiaia. Sotto gli alberi secolari, lontano dalla festa, si respirava un'atmosfera magica. Statue di dee greche ci sorridevano con i loro occhi ciechi, su una piccola altura si ergeva un padiglione, ai due lati di un ponticello due leoni in pietra erano accovacciati sul loro basamento, e la luna immergeva ogni cosa in un chiarore irreale.

"Che pace," disse Juliette dopo un po'. "Sembra quasi di essere gli unici al mondo."

Annuii. "Di sicuro siamo gli unici qui. Ma non mi manca nessuno."

"Neanche a me." Juliette piegò la testa di lato e mi guardò con un sorriso enigmatico. Non aggiunse altro e continuò a passeggiare assorta, sfiorando con la mano un profumato cespuglio di lavanda. Mentre camminavo al suo fianco, mi chiedevo a cosa pensasse. Alla stessa cosa che pensavo io? Era strano. In quel giorno avevamo discusso, chiacchierato, riso, ci eravamo stuzzicati, alla fine avevamo perfino ballato insieme, e ora a un tratto non parlava più.

Quell'improvviso silenzio era insolito. In un primo momento lo avevo preso per ciò che era, una reazione naturale alla quiete del luogo. Un po' di gradita tranquillità dopo il caos della festa. Poi però il mutismo di Juliette iniziò a disorientarmi. Mi sentivo confuso e insicuro. Era un buon segno? Era un brutto segno?

La osservavo con il cuore in gola, senza aprire bocca per paura di spezzare l'incantesimo che sembrava avvolgere l'antico parco del castello.

Come se mi avesse letto dentro, lei si voltò.

"Secondo te questo parco è fatato, Jean-Pierre? Forse le statue prenderanno vita e inizieranno a parlare."

"Spero proprio di no." Risi.

Nello stesso istante tra i cespugli si udì un fruscio.

"Cos'è stato?" Juliette si fermò di scatto e istintivamente afferrò la mia mano.

La guardai cercando di rassicurarla e mi posai un dito sulle labbra. Qualcuno ci aveva seguiti? Da un attimo all'altro sarebbero sbucati fuori Mr. Buckman e Madame Cleopatra? C'erano animali selvatici nel parco? Oppure uno dei leoni in pietra aveva davvero preso vita ed era balzato giù dal suo basamento? In quel luogo da fiaba tutto era possibile.

Fissammo ammaliati l'enorme rododendro da cui era arrivato il fruscio. I rami si mossero e qualcosa di grosso su quattro zampe uscì dalle foglie.

Era una volpe, che ci fissò con i suoi occhi intensi.

Trattenemmo il respiro, mentre lei ci scrutava vigile. Era giovane, con il pelo rosso e la coda folta. Rimase immobile per un paio di secondi, poi corse via. Alla biforcazione del sentiero si voltò di nuovo verso di noi, come se ci stesse chiamando, infine sparì.

Io e Juliette ci guardammo e ridemmo sollevati.

"Una volpe!"

"Mi sa che era spaventata almeno quanto noi," dissi.

"Non sapevo che qui ci fossero delle volpi," commentò meravigliata Juliette. "Credo sia la prima volta che ne vedo una dal vivo." Mi sbirciò con un'espressione sbarazzina. "Che significhi qualcosa? Ho sentito dire che la volpe è un animale magico, simbolo di saggezza. Un messaggero che sprona gli uomini ad agire."

"Ah sì?" commentai divertito. "Magari invece scorrazza da queste parti sperando di sgraffignare un pollo arrosto. Ho sempre pensato che solo gli unicorni fossero animali magici."

"No, no, anche le volpi," insistette. "Perché sono rosse."

Secondo me se lo era appena inventato, ma quel giorno la frequenza con cui mi imbattevo in creature rosse era decisamente sopra la media: prima Juliette, poi il gatto e adesso la volpe. Cominciavo a domandarmi se non fosse *quello* a significare qualcosa.

Arrivati alla biforcazione, proseguimmo lungo il sentiero che aveva preso la volpe. Pochi metri dopo ci ritrovammo davanti a un piccolo lago che rifletteva l'alone argentato della luna. Sulla sponda opposta, un salice piangente si chinava a lambire la superficie dell'acqua. Accanto, una panchina sorvegliata da una Venere di marmo. Quel parco aveva davvero qualcosa di magico.

"Vogliamo sederci un momento?" proposi, indicando la panchina.

Juliette annuì e, mentre camminavamo intorno al lago, iniziò a canticchiare piano.

Au clair de la lune
Mon ami Pierrot
Prête-moi ta plume
Pour écrire un mot

Ma chandelle est morte
Je n'ai plus de feu
Ouvre-moi ta porte
Pour l'amour de Dieu.

Cantava la vecchia canzone popolare, e io la ascoltavo rapito. La sua voce limpida e chiara si librava sullo specchio d'acqua in cui la luna era caduta a testa in giù, si impigliava nelle chiome fruscianti degli alberi e saliva nel cielo blu notte punteggiato da una manciata di stelle.

Juliette recitò le quattro strofe e, quando arrivò all'ultima, avevamo raggiunto la panchina.

Si fermò e mi sorrise, terminando la storia dell'uomo e della donna che cercavano una penna e un fuoco in una stanza al chiaro di luna e trovarono altro, e della porta che si chiuse dietro di loro.

Dopo rimase in silenzio, luminosa nel suo abito color albicocca, continuando a guardarmi. Il viso diafano, gli occhi verde foglia, i capelli come oro rosso e le perle intorno al collo simili a pietre di luna. Era talmente bella che mi lasciò senza parole. E in quel momento esistevamo veramente solo noi due nel parco, nel mondo, nell'universo intero. C'era lei e c'ero io, tutto il resto non contava.

"Non parli più," sussurrò.

"No." Deglutii. "Nemmeno tu."

"I tuoi occhi sono molto belli."

"Questo non avrei dovuto dirlo io?" Il mio cuore martellava all'impazzata.

"In effetti sì." Si mordicchiò il labbro inferiore con un mezzo sorriso. Poi disse: "Ho voglia di baciarti".

Mi guardava, e io mi persi in quel mare verde. Precipitai, privo di peso come un astronauta che fluttua nello spazio. Poi sentii la sua bocca calda sulla mia e alla fine non avrei saputo dire chi avesse baciato l'altro per primo, se quel bacio fosse durato un attimo o un tempo infinito, come ci fossimo ritrovati seduti sulla panchina in mezzo agli alberi. Stringevo a me Juliette, affondavo il viso nel profumo dei suoi capelli, seguivo con la punta delle dita la linea delle sue labbra, accarezzavo la sua pelle bianca come il latte, la stoffa del suo abito frusciava e non esistevano orologi né calendari, soltanto il battito del nostro cuore che dava la misura di tutte le cose.

Infine ci sciogliemmo lentamente dal nostro abbraccio, e non riuscivo a credere che fosse accaduto sul serio.

Fino a quella mattina non conoscevo Juliette, quel pomeriggio l'avevo mandata al diavolo alla stazione di servizio, quella sera l'avevo rincontrata al matrimonio del mio migliore amico, vestita come una principessa, e lei mi aveva chiesto se ero felice. Ora ci eravamo baciati, e sì, ero felice, ero ebbro di felicità, o forse di vino, oppure di entrambi, ed era splendido. Di colpo, però, mi sembrò anche irreale.

Juliette mi prese la mano e mi guardò dolcemente.

"Jean-Pierre, mi vuoi sposare?" chiese, e a quel punto ebbi la certezza che si trattasse di un sogno, un sogno stupendo e completamente folle.

Dovevo essere caduto nella tana del Bianconiglio come Alice ed ero stato catapultato nel Paese delle Meraviglie, che seguiva leggi proprie.

Avevo perso la partecipazione di nozze, avevo sbagliato strada, avevo girato come un idiota tra i vigneti e avevo incrociato un gatto rosso, un meccanico gentile e una volpe.

Avevo conosciuto un eccentrico inglese che produceva vini ma preferiva la birra, avevo scambiato una donna in abito azzurro per un mio vecchio amore, avevo ballato la salsa anche se non sapevo ballare, avevo incontrato uno scrittore famoso che portava gli occhiali solo per questioni di immagine e presto avrebbe tenuto una lettura nel mio locale, un'anziana signora in caffettano verde e turbante che si credeva

Cleopatra aveva guidato una sfrenata *polonaise*, e un ometto con il panama mi aveva illustrato la sua filosofia di vita.

E adesso ero seduto nel parco incantato di *un petit château* di nome Sanssouci, sperduto tra le dolci colline dell'Entre-Deux-Mers da qualche parte tra Génissac e Grézillac, di fronte a una Venere in marmo con una cornucopia illuminata dalla luna, accanto alla svitata del distributore, che mi aveva appena baciato e mi aveva chiesto se volevo sposarla.

In lontananza si sentiva la musica, probabilmente gli invitati stavano ancora ballando e ridendo allegri intorno ai lunghi tavoli decorati con vasi di rosmarino nel giardino del castello. Ancora nessuna notizia della sposa né dello sposo. Per tutta la sera avevo sperato di vedere Paul, ma ormai dubitavo sinceramente che ci sarei riuscito.

Non conoscevo nessuno a quello strampalato ricevimento, in cui niente sembrava al proprio posto – tranne Juliette, e anche lei solo perché aveva fretta e mi era passata avanti a un distributore lungo il tragitto da Parigi a Saint-Émilion.

E ora mi guardava sorridendo, la testa piegata di lato e gli occhi che brillavano, chiaramente in attesa di una risposta.

La notte ci avvolgeva, l'aria profumava di rose e lavanda, e Juliette mi accarezzava la guancia sussurrando il mio nome. Forse era davvero tutto un sogno, forse non avevo mai ricevuto l'invito al matrimonio di Paul e Marie e mi sarei risvegliato nel mio letto come ogni mattina, e come ogni mattina avrei fatto colazione, attraversato il Marais semideserto e silenzioso e aperto il Café des Poètes.

Ma lo volevo davvero?

Con un mezzo sorriso, mi appoggiai allo schienale della panchina e scossi la testa. Non avrei potuto essere più frastornato di così.

Guardai il cielo scuro, guardai le stelle, incomprensibili quanto l'incantevole e stupefacente ragazza che in quel momento posò la testa sulla mia spalla, e all'improvviso mi resi conto dell'assurdità della situazione.

Di una cosa però ero sicuro: quelle erano le ore più pazzesche che avessi mai vissuto – e probabilmente anche le più straordinarie.

"Jean-Pierre? Che succede, Jean-Pierre? Ti senti bene?"

Juliette si era seduta sulle mie gambe e mi guardava preoccupata.

"Sì," risposi. "Mi sento bene." Credo di non essermi mai sentito meglio in vita mia.

"Meno male." Sembrò sollevata. "Avevi un'aria strana."

"Mi gira solo un po' la testa."

"Non preoccuparti, è normale."

Quindi era tutto normale.

"Bene," dissi, tirandola verso di me.

"Hai bevuto un po' troppo e ti sei scatenato in pista, *mon ami Pierrot*."

"Dici che è per quello?" mormorai.

"In più ti ho baciato." La mia piccola Circe mi accarezzò i capelli, sorridendo. "Non c'è da stupirsi che ti giri la testa."

"Chi ha baciato chi?" Le sfiorai le labbra con la bocca, poi presi il suo viso tra le mani e la baciai con impeto, tanto che lei chiuse gli occhi e gemette piano. Sentivo il peso del suo corpo sulle gambe e mi accorsi di volere molto più di un bacio.

"Santo cielo," sospirò trasognata, quando mi staccai da lei. "Sai essere molto convincente, Jean-Pierre."

"Non hai visto ancora niente, credimi."

Lei rise, si tirò su e mi lanciò uno sguardo allusivo.

La Venere con la cornucopia ci osservava sorridendo, il lago luccicava come un vassoio d'argento, e chi può sapere cosa sarebbe successo su quella panchina solitaria nel parco se solo Juliette avesse tenuto la bocca chiusa. Ma naturalmente non lo fece. Tornò alla sua domanda, tornava sempre alle sue domande, ormai quel lato del suo carattere avevo imparato a conoscerlo.

"Allora, quando ci sposiamo?" Prese la mia cravatta e se la rigirò intorno al polso. "Non mi hai ancora risposto."

"Ero troppo impegnato," scherzai, strizzandole l'occhio.

"Adesso però me lo puoi dire, Pierrot."

"Anche Paul mi chiamava così. Pierrot." Per un attimo i miei pensieri andarono al mio amico, e mi chiesi se nel frattempo gli sposi fossero tornati.

"Non provare a cambiare discorso, Jean-Pierre. Rispondi alla mia domanda."

"Be', sai com'è, le rosse non sono il mio tipo." Lei finse di colpirmi, ma io fui più veloce e le bloccai il braccio al volo. "Piano, mia bella Circe."

La mia bella Circe iniziava a irritarsi. Mi fissò con insistenza.

"Sul serio, Jean-Pierre, quando ci sposiamo?"

Lo disse come avrebbe potuto dire "Quando inizia il film?" o "Quando si cena?".

Sì, un po' squinternata lo era davvero.

Mi appoggiai allo schienale. "Alla faccia della domanda! Non possiamo aspettare un attimo? Ci conosciamo da un paio d'ore," obiettai ridendo. "Non ci si sposa così."

"Perché no?" non mollò lei, arricciando le labbra con aria di sfida.

"Perché... ecco... non so perché. Bisogna essere... sì, insomma, *sicuri*."

"In che senso? Non ti è piaciuto il nostro bacio? Non è una serata magica?"

"Sì... certo," risposi debolmente.

"Allora cosa vuoi aspettare?"

"Prima dobbiamo... non ho idea... conoscerci meglio." Mi strinsi nelle spalle. "Non sarebbe più ragionevole?"

"*Ragionevole?*" Mi squadrò come se fossi un perfetto idiota. "Cosa c'entra l'amore con la ragione?"

Assolutamente niente, ammisi tra me, e a un tratto mi sentii davvero un piccoloborghese che difendeva a spada tratta il pensiero razionale. Non avevo forse dipinto su una parete del mio *café* il bellissimo aforisma di Pascal sulle ragioni del cuore che la ragione non conosce?

"So tutto ciò che devo sapere di te, Jean-Pierre," stava dicendo Juliette. "E tu sai tutto ciò che devi sapere di me," sorrise. "Non esistono garanzie in amore, è questa la verità. È un'illusione credere il contrario. Ci sono coppie che prima di sposarsi stanno insieme anni e anni per conoscersi meglio" – disegnò in aria le virgolette con una smorfia ironica – "e alla fine si lasciano lo stesso. Spiegami che senso ha."

Mi premette l'indice sul petto, e mi resi conto di non avere argomenti validi con cui replicare.

"Forse semplicemente non amo le sorprese," dissi infine.

"Ma le sorprese ci saranno sempre. Non importa quanto a lungo stai insieme a qualcuno, non lo conoscerai mai fino in fondo," ribatté. "Non conoscerai mai tutti i suoi pensieri o tutti i suoi sentimenti. È impossibile. Ed è giusto così," concluse in tono spavaldo. "Altrimenti la vita sarebbe terribilmente noiosa."

Ascoltai in silenzio l'infuocata orazione di Juliette. Seduta sulle mie gambe, le guance arrossate, si infervorava elencando i vantaggi del matrimonio lampo. Il suo ragionamento aveva una certa logica, glielo concedo. O perlomeno lì per lì mi sembrò che l'avesse.

"Bisognerebbe sposarsi nel momento più bello," concluse. "Quando si sente che ogni cosa è al posto giusto, significa che quello è anche il momento giusto." Si posò le mani sul cuore e mi guardò con espressione candida. "Bisogna solo ascoltare il proprio cuore, capisci? Bisogna *sempre* ascoltare il proprio cuore."

Le sue parole mi commossero. Era come una bambina che credeva ancora a Babbo Natale. Io però avevo già ascoltato anche troppo il mio cuore, e non ne era mai venuto fuori niente di buono. Perciò tacqui. Dopo un po' lei scese dalle mie gambe, si sedette accanto a me e incrociò le braccia.

Suppongo fosse piuttosto seccata.

"La mia amica ha fatto esattamente così," mi fece notare. "Ha conosciuto il suo futuro marito appena pochi mesi fa. E oggi si sono sposati. Ed è molto, molto felice, *tu sais*?"

"Non fatico a crederlo," risi. "All'inizio tutti sono felici. Il punto è se lo sono anche dopo."

"Oh, ma per favore!" sbottò. "Perché ti ostini a vedere sempre il brutto quando potresti vedere il bello?" Allungò le gambe davanti a sé e fissò imbronciata i suoi sandali dorati. Poi scoccò un'altra freccia dal suo arco.

"A quanto pare, in amore il tuo amico è più determinato di te."

"Può darsi." Aveva colto nel segno. Non mi piaceva ricordare che Paul era sempre stato il più veloce dei due, quando si trattava di ragazze.

Rimanemmo in silenzio l'uno accanto all'altra, l'atmosfera magica si era dissolta.

All'improvviso dal castello risuonarono grida di gioia. Juliette trasalì e guardò in fretta l'orologio.

"*Bon Dieu*, ma è tardissimo!" esclamò. "Dobbiamo andare, sono arrivati." Balzò in piedi. "Voglio assolutamente essere lì, quando Marion lancia *le bouquet*."

"Intendevi Marie," la corressi.

"*Oui, oui.* Marie, Marion, ora non metterti a cavillare. *Viens, allons-y!*"

Non mi aspettò. Corse via, nel riflesso della luna i suoi capelli splendevano come rame liquido. Era una cometa che attraversava il parco di notte, e io la seguii.

14.

Quando pochi minuti dopo raggiungemmo trafelati il castello, gli invitati erano già tutti riuniti in giardino e agitavano i tovaglioli sopra la testa per accogliere con festosi schiamazzi gli sposi che finalmente avevano fatto ritorno.

Corremmo sul grande prato, tra gli alberi da cui pendevano ancora le ghirlande di lampadine, e cercammo un posto vicino alla pista. Il dj aveva terminato il suo show a base di salsa, nessuno ballava più e *You Are The Sunshine Of My Life* di Stevie Wonder sovrastava il bailamme generale.

Gli ospiti chiacchieravano sparsi tra i tavoli a lume di candela o si accalcavano in fondo alla scalinata in pietra che portava alla terrazza.

"Eccola... è lei!" Juliette si sollevò in punta di piedi per vedere meglio.

Scorsi di sfuggita la sposa in un aderente abito bianco in pizzo traforato, che si muoveva avanti e indietro impartendo disposizioni. Anche se Juliette mi aveva avvertito, rimasi interdetto alla vista della moglie di Paul. Era tutto l'opposto di una bionda. Era tutto l'opposto del suo ideale di donna. Marie era la classica bellezza mediterranea, con grandi occhi scuri, forme procaci e capelli corvini, raccolti sulla nuca in un grosso chignon e impreziositi da una coroncina di piccoli fiori bianchi.

Non riuscii a trattenere un sorriso meravigliato: i gusti del mio amico erano veramente cambiati. Tuttavia quella non sarebbe stata l'ultima sorpresa che mi avrebbe riservato la serata.

La sposa si avvicinò alla balaustra, e io cercai con gli occhi Paul, che non poteva essere troppo lontano. Ma dov'era?

"Non vedo lo sposo," dissi a Juliette, che saltellava eccitata al mio fianco.

"Cosa?" chiese distratta, mentre gli invitati iniziavano a battere le mani e un fotografo inquadrava la terrazza.

"Lo sposo. Dov'è?"

"Adesso arriva. Sarà ancora dentro, nel salone."

La sposa salutò la folla sorridendo e chiamò a raccolta tutte le donne nubili presenti al ricevimento, avvisandole che stava per lanciare *le bouquet*.

Si levò un'ovazione entusiastica. Quel momento era *le clou* di ogni matrimonio, se non altro per le ospiti femminili. Da tradizione, infatti, la fortunata che riusciva a prendere il mazzo di fiori sarebbe stata la prossima a sposarsi.

Juliette mi tirò per la manica. "Andiamo più avanti!" Mi afferrò la mano e mi trascinò con sé mentre si faceva largo verso la scalinata, dove si erano già radunate le amiche della sposa. Tra le aspiranti che sognavano di convolare presto a nozze riconobbi con stupore Madame Cleopatra. Nel frattempo aveva ritrovato il turbante che, come il caffettano verde, portava chiari segni dei festeggiamenti. Anche la figlia adolescente dello scrittore si unì emozionata al gruppo in trepida attesa, dimenticando il broncio per l'occasione. E poi – non riuscivo a credere ai miei occhi – arrivò di gran carriera perfino Monsieur Panama, che si piazzò in prima fila per godersi lo spettacolo.

Juliette lasciò la mia mano. "Aspetta qui. Torno tra un momento," disse, allontanandosi. Subito dopo si girò verso di me. "E se lo prendo io, mi sposi!"

Scappò senza aspettare una risposta, e io la seguii con lo sguardo, sorridendo. Juliette era così: quando si metteva in testa una cosa, non mollava. Si aprì un varco sgomitando e sventolò le braccia come una forsennata. "Qui!" strillava. "Sono qui!"

Sulla terrazza la sposa si voltò dando le spalle alla balaustra. Dalla sua postazione, il dj fece partire un pezzo che riteneva adeguato al pathos del momento.

Gli invitati iniziarono a scandire: "*Un... deux... trois!*".

E Marie lanciò dietro di sé con un movimento deciso il suo piccolo mazzo di rose e gelsomino, che disegnò in aria un ampio arco tra le acclamazioni dei presenti, accompagnato dalle note di *All You Need Is Love*.

Vidi Juliette indietreggiare di un passo e alzare le mani in mezzo a una selva di altre mani alzate, ma *le bouquet* se lo aggiudicò qualcun altro.

Monsieur Panama sollevò il mazzo di fiori, sorridendo beato tra le risate e le battute. La prospettiva di sposarsi presto sembrò ringalluzzire ulteriormente l'ex ambasciatore. Di sicuro immaginava già la festa di nozze, durante la quale avrebbe ballato con ogni bella donna presente. E naturalmente la più bella di tutte sarebbe stata la sua sposa.

Guillaume Vernier si inchinò a destra e a sinistra, ringraziò agitando il cappello e tenne ben stretto il suo trofeo, che non era intenzionato a cedere a nessuno, nonostante le proteste divertite di alcune ospiti.

"Non è giusto!" sentii gridare Juliette. "Gli uomini non possono partecipare!"

"E chi lo dice?" replicò serafico lui. "Sarebbe questa l'uguaglianza di genere di cui oggi non si fa che parlare? Stessi diritti per tutti! Anch'io, come voi, sono ancora in età da matrimonio," concluse con una buffa smorfia che suscitò l'ilarità generale.

"E va bene, ha vinto. Ma guai a lei se non ci invita al grande giorno," lo minacciò Juliette puntandogli contro il dito.

"La prima salsa sarà sua, *mi hermosa princesa*," promise solennemente l'ex ambasciatore, galante come sempre, e lei sembrò perdonarlo per averle soffiato l'ambito cimelio sotto il naso. Alzò gli occhi verso la terrazza e salutò l'amica, che scendeva la scalinata mano nella mano con lo sposo. Juliette la prese a braccetto e i tre avanzarono lungo il giardino, seguiti dagli applausi degli invitati.

"Uffa, Juliette, perché non sei stata più svelta?" disse Marie-Marion.

"E tu perché non hai mirato meglio?" disse lei.

Io mi limitavo a fissare sbalordito lo sposo, che veniva nella mia direzione con passo agile e disinvolto.

Quel colosso riccio e barbuto non era Paul. Nessuno poteva cambiare così tanto, neppure in dieci anni. Quell'uomo non lo avevo mai visto. Lui sì che era prestante, come lo aveva definito Madame Cleopatra. Aveva l'aspetto di un avvocato, e non dubitavo minimamente che sapesse tenere discorsi brillanti. Per pura coincidenza suo suocero sarà stato anche inglese, ma di certo non possedeva un'azienda vinicola, considerando il modo in cui aveva denigrato il Saint-Émilion Grand Cru. E ovviamente la donna al suo fianco non si chiamava affatto Marie: si chiamava Marion, proprio come aveva detto Juliette. Malgrado la pessima memoria per i nomi della mia compagna di tavola, quello dell'amica era giusto.

Poco alla volta realizzai che mi trovavo al matrimonio sbagliato, nel castello sbagliato, nel posto sbagliato. La verità mi colpì con la violenza di un pugno allo stomaco, e mi accorsi che mi girava di nuovo la testa. Riflettei freneticamente, in cerca di una possibile via d'uscita. Avevo ancora il tempo di svignarmela senza dare nell'occhio e correre a nascondermi nel parco fino alla fine del ricevimento?

No, non ce l'avevo. Juliette mi fece un cenno e io sollevai

la mano come in trance, sperando che la terra si spalancasse sotto i piedi e mi inghiottisse.

Ma la terra di Aquitania non si mosse. Non successe niente, e il terzetto infernale mi raggiunse inesorabilmente e si fermò davanti a me.

"Lei è la mia cara amica Marion," sorrise Juliette.

Incapace di aprire bocca, mi limitai ad annuire.

"E lui è il fortunato sposo, ma vi conoscete già."

Il fortunato sposo sollevò le sopracciglia, confuso, mentre lo guardavo come fosse un'apparizione. Indossava un elegante completo a tre pezzi grigio chiaro con un rametto di gelsomino appuntato sul *revers*, ma anche se avesse fatto la sua comparsa in una tuta spaziale della NASA non sarei stato più allibito.

"Augustin Delamare," si presentò, osservandomi concentrato. Non ricordava dove mi avesse conosciuto, il che era comprensibile, dato che non mi conosceva. "E lei è?..." chiese con un sorriso gentile.

"Io... ehm... io..." annaspai, poi ammutolii.

Come facevo a spiegargli che non ero sulla lista degli invitati? Che da ore avrei dovuto essere a un altro ricevimento di nozze, che si svolgeva in un altro castello di cui non sapevo il nome, ma si trovava dalle parti di un piccolo borgo che finiva con -ac? Mi passai la mano tra i capelli, nervoso. *Mon Dieu*, che razza di situazione! Dire che mi sentivo un perfetto idiota è dire poco. Come si poteva essere tanto ottusi da non accorgersi di un errore simile?

Avrei dovuto capirlo subito che ero alla festa sbagliata, mi rimproverai. Di indizi ne avevo avuti in abbondanza. Ma la giornata era stata quello che era stata, ero arrivato per ultimo, distrutto e in tremendo ritardo, poi avevo incontrato di nuovo Juliette che mi aveva monopolizzato, e non mi ero più chiesto come mai alcune cose non tornavano. Ripensandoci dopo, tutte le piccole incongruenze a cui non avevo dato peso avevano un senso, *naturellement*.

Cioè, a quello che avrebbe dovuto essere il matrimonio di Paul non erano presenti né i suoi genitori né suo fratello François, e io non mi ero fatto due domande?

Paonazzo dalla vergogna, guardai Augustin Delamare. Non mi avrebbe creduto nessuno. Avrebbero pensato che mi ero imbucato per bere e mangiare a sbafo e magari rimorchiare, come i patetici protagonisti di *2 single a nozze*.

"Ecco, il fatto è che... in realtà... io ho..." riprovai. Mi schiarii la voce, sforzandomi di sorridere. "È... *complicato*."

Juliette corrugò la fronte. Sicuramente si stava chiedendo perché l'uomo che l'aveva baciata con tanto ardore nel parco, e che lei aveva deciso su due piedi di sposare, ora si comportava come un lobotomizzato. Mi lanciò un'occhiata interrogativa, intuendo che qualcosa non andava. Non ci voleva molto a capire che io e lo sposo non ci eravamo mai visti prima, altro che essere stati migliori amici da ragazzi.

"Cosa è complicato, Monsieur?"

"*Rien*," si inserì con un sorriso disarmante Juliette, che doveva aver deciso di accorrere in mio aiuto. "Lui è Jean-Pierre," mi presentò. "Jean-Pierre Morel. *Mon fiancé*," aggiunse prendendomi a braccetto, e mi diede un bacio sulla guancia. "Non ti preoccupare, *chéri*, ormai possiamo dirlo."

Annuii, esitante.

"Non ci credo!" esclamò Marion. "Ma è una splendida notizia! Non sapevo che ci fosse un uomo nella tua vita, Juliette."

"Be', nemmeno noi ci conosciamo da *tantissimo*," rispose lei, raggiante.

Era davvero brava a recitare la sua parte.

"E quando vi siete fidanzati?" chiese Marion. Sembrava sorpresa che l'amica non le avesse detto nulla.

Come me, d'altronde.

"Oggi," dichiarò Juliette. Intrecciò le sue dita alle mie e mi rivolse uno sguardo innamorato. “Proprio qui al castello. Jean-Pierre mi ha fatto la proposta poco fa, nel parco. *Et bien*, credo che sia ancora un po’ frastornato.”

Altroché se lo ero. La fissai, senza parole.

I suoi occhi verdi brillavano maliziosi.

“Non è possibile!” strillò euforica Marion, battendo le mani.

“Già, presto ci sposeremo. Non è fantastico?”

Juliette rise felice, e gli sposi si congratularono con noi. Per un attimo mi lasciai trasportare anch’io da quell’ondata di entusiasmo e sorrisi come un cretino.

Marion abbracciò l’amica, poi mi si gettò al collo con uno slancio spontaneo. Il suo forte profumo di patchouli mi stordì. “È magnifico, davvero magnifico,” disse, premendomi contro il seno generoso. “Sono così contenta che Juliette abbia trovato l’uomo giusto. È una persona speciale, sa?”

Sì, lo sapevo.

“Molto diretta.”

Avevo notato anche quello.

“Ma non importa, qualunque cosa dica o faccia, ha un cuore d’oro.”

Ripensai alle parole di Juliette sulla panchina, quando aveva detto che bisogna sempre ascoltare il proprio cuore, e mi vergognai.

Augustin Delamare sembrava sollevato che tutto si fosse chiarito. “Le decisioni rapide sono buone decisioni,” commentò stringendomi la mano, e per poco non me la stritolò.

“*Merci!*” risposi, quasi urlando dal dolore. “*Félicitations à vous deux aussi.*” Misi al sicuro la mano, e – nonostante le circostanze avverse – nel tempo che ci volle perché mi ritornasse la sensibilità alle dita mi ripresi abbastanza da sentirmi in grado di sostenere una conversazione normale.

“Dica un po’, ci siamo già incontrati oggi?” chiese lui.

“No, purtroppo sono arrivato in ritardo.”

"*Mon pauvre chéri,*" intervenne Juliette, ammiccando. "È dovuto tornare a Parigi, aveva dimenticato l'anello. E come se non bastasse, dopo lo ha anche perso." Rise di cuore, seguita a ruota dagli sposi.

La guardai di traverso, socchiudendo gli occhi. Capivo che volesse vendicarsi perché le avevo dato il bidone due volte nella stessa sera – non volevo ballare e non volevo sposarmi –, ma non occorreva mettermi così in ridicolo.

"Di questo ne riparliamo più tardi," le sussurrai, quando i festeggiati si voltarono a salutare alcuni ospiti.

"Non vedo l'ora," replicò pronta. "Adesso però credo che tu mi debba una spiegazione, *mon ami Pierrot.* Cosa ci fai a questo matrimonio?"

Prima che potessi rispondere, Marion tornò da noi. Cinse con il braccio la vita di Juliette e mi guardò sorridendo. "Scusi, Jean-Pierre, permette che gliela rubi un secondo?"

Era una domanda retorica, come dire di no a una sposa?

"*À tout à l'heure, chéri,*" mi salutò Juliette.

Mentre si allontanavano, sentii Marion chiedere: "Il tuo fidanzato è uno schianto, ma è sempre così impacciato?".

Quando rimasi solo, presi qualcosa da bere al bar e mi sedetti sulla scalinata di pietra. Ero stremato. Dopo quella giornata campale, l'incontro con lo sposo sbagliato era stato il colpo di grazia. E sapere che tutti i miei sforzi non erano serviti a niente non migliorava certo il mio stato d'animo. Tutta fatica inutile, alla fine mi ero perso il matrimonio di Paul e Marie. Mi venne in mente la shopper di Assouline sul tavolo dei regali. A quel punto, potevo anche riprendermela. Non me ne era andata dritta una.

Però, però…

Avevo conosciuto una ragazza che, stando alle parole della sua amica, era "una persona speciale". L'intera serata con

Juliette era stata speciale. Solo poco prima mi aveva chiesto se volevo sposarla cosa che, a pensarci bene, era ancora più incredibile di aver sbagliato ricevimento senza rendermene conto. Devo ammettere che la nostra passeggiata nel parco mi aveva scombussolato parecchio – la luce nei suoi occhi, i baci al chiaro di luna, la sua appassionata difesa delle ragioni del cuore a cui bisogna sempre dare ascolto –, ma non così tanto da non ricordare chi dei due aveva fatto la proposta all'altro.

Sorseggiai il mio mojito e scossi la testa, sorridendo. Quella ragazza aveva fegato, poco ma sicuro. Una cosa del genere non era da tutti, anche se naturalmente si era spinta un po' troppo oltre. Al pensiero della nostra chiacchierata con gli sposi corrugai la fronte. Farmi fare la figura dello scemo in quel modo!

Allo stesso tempo, però, non mi importava ciò che pensavano di me Marion e Augustin – o chiunque altro dei presenti. In ogni caso non avrei più rivisto nessuno di loro. Anche se non potevo negare che quell'esperienza mi avesse dato una lezione di vita. Ma soprattutto mi aveva dato Juliette.

Osservai gli ospiti sparpagliati in giardino. Mancava poco a mezzanotte. Alcuni ballavano ancora, anche se con meno energia. L'inesauribile dj era passato alla classica scaletta da matrimonio e, per quanto non fossi stato a molti, conoscevo tutti i pezzi.

Eternal Flame delle Bangles, *I'm a Believer* dei Monkees, *Better Together* di Jack Johnson e un evergreen che non poteva mancare: *Just the Two of Us* di Grover Washington Jr.

Alla fine ognuna di quelle canzoni diceva che l'amore era la risposta, che in due si era più felici, che grazie a una donna era possibile ricominciare a credere o avere l'impressione di vivere il primo giorno di qualcosa di nuovo, di unico, di migliore. Un *cliché* dietro l'altro, ma con i *clichés* funzionava come con il ballo: se restavi a bordo pista da spettatore non capivi cosa ci trovasse la gente ma, se ti buttavi, ti sentivi libero e pieno di energia. Comunque la si girasse, l'amore era la cosa più bella e anche più brutta che potesse capitare. Ma perché ostinarsi a vedere sempre il brutto, quando si può vedere il bello, avrebbe detto Juliette.

Con il mio cocktail in mano, mi domandai perché fossi condannato ad aspettare. Quella serata stava diventando il festival dell'attesa. Prima avevo aspettato per ore il mio amico Paul e adesso aspettavo la mia… cosa? Conoscenza casuale? Compagna di tavola? Ragazza? Fidanzata? Futura moglie?

La donna della mia vita, magari?

Scossi di nuovo la testa e fissai il bicchiere. Forse ero un po' squinternato anch'io. Oppure quei mojito erano davvero belli pesanti.

Appoggiai la spalla alla balaustra e chiusi gli occhi. Di colpo mi piombò addosso un'immensa stanchezza. Stavo già valutando di andarmene a letto quando mi resi conto che non ce l'avevo, un letto. Nessuno aveva prenotato una camera a mio nome in quel castello. In pratica ero un senzatetto.

Sospirando, presi il tagliando celeste dalla tasca della giacca e rividi la mia borsa da viaggio, lasciata alla reception. Poi esaminai le varie opzioni disponibili. Non erano molte. L'albergo del castello era al completo. La mia macchina era in officina. Il mio cellulare era in macchina. Prima che arrivasse un taxi potevano passare ore. Almeno era una calda notte d'estate, potevo tornare al laghetto nel parco e dormire sulla panchina dove io e Juliette ci eravamo baciati.

Penso di essermi davvero appisolato, perché quando qualcuno mi scosse per un braccio trasalii.

"Ciao straniero," disse Juliette, mettendosi seduta accanto a me con due calici di champagne.

"Oh, ciao." Mi stropicciai gli occhi. "Credevo fossimo fidanzati." Mentre prendevo il bicchiere che mi porgeva mi lasciai sfuggire un gemito. Ancora alcol. Non sarei sopravvissuto a quella serata.

"*C'est ça.* Ecco perché ho portato lo champagne. *Santé!*" sorrise, facendo tintinnare i bicchieri.

"*À la tienne!*"

"Ti dispiace che non abbia preso *le bouquet* della sposa?"

"No, non è importante."

"Allora è tutto a posto." Indicò Marion, che Monsieur Panama stava cavallerescamente accompagnando verso la pista.

"Sei stata bene con la tua amica?"

"Moltissimo." Le brillavano gli occhi.

"Vi siete confidate i vostri segreti?"

"Oh sì."

"Avete parlato anche del tuo schianto di fidanzato, tanto impacciato da dimenticare a casa l'anello di fidanzamento e poi perderlo?"

Lei si mordicchiò il labbro inferiore, sorridendo. "Non essere così permaloso, Jean-Pierre. In fondo ti ho tirato fuori da una situazione a dir poco penosa."

Annuii. Almeno mi aveva chiamato con il nome giusto.

Bevve un lungo sorso di champagne e mi studiò con uno sguardo penetrante. "Tu non sei un invitato del matrimonio. Cosa ci fai qui?"

Bevvi anch'io un lungo sorso di champagne.

"Be', sono venuto per il buffet. Avevo fame e volevo qualcosa di buono."

"Ho sentito battute migliori."

"D'accordo," sospirai. "Se proprio lo vuoi sapere, non lo so nemmeno io, cosa ci faccio qui." Mi strinsi nelle spalle. "È stato un capriccio del destino a portarmi in questo castello."

E poi le raccontai per filo e per segno dopo quali peripezie ero finito allo Château Sanssouci.

Juliette, seduta al mio fianco sulle scale, ascoltava attenta. Ogni tanto ci stringevamo per fare spazio a qualcuno che saliva o scendeva, e a un certo punto rimanemmo appoggiati l'uno all'altra. Lei a volte era divertita dalle mie disavventure, altre sinceramente colpita, e non perdeva occasione di commentare. Mi confortò per l'incidente di Mamie, rise per il battibecco con la poliziotta e quando le parlai della lite con Océane, mi guardò in tralice e chiese gelosa "C'è ancora qualcosa tra di voi?", e fu tanto magnanima da perdonare il mio comportamento inqualificabile alla stazione di servizio, travisando completamente la realtà dei fatti. Considerò "una grande sciocchezza" che prima di partire non avessi controllato di aver preso la partecipazione, naturalmente il gatto rosso era un segno e il guasto alla macchina colpa mia che guidavo un vecchio catorcio.

"Il resto lo conosci," conclusi alla fine della carrellata sulle mie sventure. "Se vogliamo, sono capitato a questo matrimonio per una concomitanza di coincidenze sfortunate. E ovviamente non ho una camera per la notte."

Juliette mi guardò con un'espressione difficile da interpretare.

"Le coincidenze non esistono," dichiarò.

15.

A mezzanotte, salutato da un coro di esclamazioni ammirate, arrivò il *croquembouche.* La coreografica torta nuziale era decorata con almeno cento scintille luminose, che la avvolgevano in una pioggia di minuscole stelle cadenti. L'artistica piramide dorata, ricoperta da una lucida glassa al caramello, somigliava a uno sfavillante albero di Natale. Mia sorella sarebbe andata in estasi.

Era talmente grande che ci vollero quattro camerieri per scendere la scalinata in pietra con il vassoio d'argento. Gli ospiti, che nel frattempo si erano riuniti di nuovo, battevano le mani, mentre gli sposi attendevano accanto al buffet per il tradizionale taglio di quel capolavoro di bignè ripieni di crema pasticcera e *crème noisette.*

Anch'io aspettavo il mio turno insieme a Juliette. Mi ero ripreso dal leggero crollo di poco prima e stavo di nuovo bene. È vero, non avrei dovuto essere a quel ricevimento, ma ormai lì mi sentivo a mio agio.

Mr. Buckman, in fila con Madame Cleopatra, sorrise ironico indicando il *croquembouche* che troneggiava sul buffet.

"Che ne dice di quel catafalco?" domandò lanciando uno sguardo diffidente alla montagna di bignè tenuti insieme solo dal caramello. "Personalmente avrei preferito la classica *wedding cake* inglese a tre piani, ma nessuno ha chiesto la mia opinione. *Croque en bouche*, sembra pericoloso già dal nome. Va' a finire che mi romperò tutti i denti," rabbrividì, fingendosi spaventato. "Mia figlia però ha insistito."

Scoppiai a ridere. Sicuramente anche per lui, come per tutti gli altri, la copertura al caramello – che "crocca in bocca" – era una vera chicca.

Appena si aggiudicò la sua porzione, Juliette assaggiò un pezzetto di *pâte à choux* ripiena di morbida crema e chiuse gli occhi deliziata.

"Squisita!" esclamò. "La voglio anche al mio matrimonio!"

Mi guardò ridendo, forse mi stava prendendo in giro, non riuscivo a capire se dicesse sul serio oppure no. Non sapevo ancora dove passare la notte e, visto l'esiguo numero di opzioni a mia disposizione, al momento ero più interessato a risolvere quel problema.

Purtroppo la nostra conversazione sui gradini era stata bruscamente interrotta dalla comparsa in terrazza dei camerieri con la torta nuziale.

"Sì, davvero niente male, questo *croquembouche*," commentai, dopo aver trovato due sedie libere a un tavolo. "Il degno coronamento della serata. Secondo te quanto durerà ancora la festa?" buttai lì, avendo cura di sbadigliare. "Inizio a essere stanco."

"Oh, di sicuro un bel po'," sorrise Juliette, sorvolando sull'allusione. Probabilmente non aveva sentito che ero senza camera e che il castello era al completo. "Perché me lo chiedi?"

"Così... Non c'è un motivo," lasciai cadere il discorso. Non volevo più insistere per farle capire che speravo mi concedesse asilo da lei.

Finimmo di mangiare il dolce e guardammo in silenzio il parco, che adesso mi appariva molto meno magico, al pensiero della dura panchina accanto alla statua di Venere su cui mi sarebbe toccato dormire.

Dopo l'assalto alla torta nuziale, alcuni ospiti erano tornati sulla pista da ballo. Tra loro non poteva certo mancare Guillaume Vernier, impegnato in un tranquillo slow fox con Madame Cleopatra. Sorrisi. In effetti, potevo sempre tirare mattina in compagnia dell'ex ambasciatore e bere mojito finché restava aperto il bar. Magari, quando tutti si fossero ritirati nelle proprie camere, avrei trovato un posticino nel salone. Mi vidi rannicchiato su uno dei divanetti stile Impero e senza volerlo sospirai.

Juliette si voltò verso di me e mise la mano sulla mia. Aveva male interpretato la ragione del mio sospiro.

"Anche tu stai pensando alla nostra passeggiata nel parco?" chiese trasognata, e fissò di nuovo gli alberi secolari sopra i quali svettava la luna.

"Sì... Sì, certo!" mi affrettai a confermare. Le sollevai la mano e baciai le sue dita, poi ebbi un'illuminazione.

"Balliamo?" proposi.

Lei mi guardò sorpresa, sembrava perfino vagamente imbarazzata.

"*Avec plaisir.*"

La accompagnai sulla pista, mentre partivano le note di *All of Me*, una vecchia canzone d'amore che conoscevo dai tempi dell'università. Al suono del pianoforte, presi Juliette tra le braccia, lei posò la testa sulla mia spalla, e iniziammo a muoverci ondeggiando lentamente.

Con la coda dell'occhio vidi Monsieur Panama, che ora ballava con la donna in abito azzurro, vidi Mr. Buckman con la bionda Claire, e vidi Madame Cleopatra al bar con Hippolyte Virsini. Lo scrittore mi rivolse un cenno di approvazione, mimando un compiaciuto "Lo sapevo!". Ricambiai il suo sorriso da sopra la spalla di Juliette, poi non lo vidi più, non vidi più niente e nessuno, tranne la donna tra le mie braccia.

Stretti l'uno all'altra, ballavamo in un piccolo cerchio il

cui centro eravamo noi e, quando John Legend cantò il ritornello, ripetei sottovoce le sue parole insieme a lui, e per la prima volta le sentii vere: tutto di me amava tutto di lei. Amavo le sue curve e i suoi spigoli, amavo tutte le sue perfette imperfezioni. Lei era la mia fine e il mio inizio.

Juliette alzò la testa e mi guardò con gli occhi sgranati.

"Lo pensi davvero o stai solo cantando?"

"Oh, Juliette..." Le scostai delicatamente una ciocca di capelli dal viso e provai un tuffo al cuore. "Lo penso davvero, ogni singola parola." La baciai e la baciai ancora, e non riuscivo a crederci. "Mi sono innamorato di te, Juliette." Scossi la testa, sbalordito. "Anche se mi rendo conto che è una follia."

"Be', mica tanto," replicò con un sorriso. "Dopotutto siamo fidanzati, no?"

Mi arresi e annuii con un sospiro.

"Non molli proprio mai, *hein*?"

"*Non. Jamais.*"

E così, a tarda ora, mi aggiudicai non soltanto un lento (in cui tra l'altro me la cavai alla grande), ma anche una notte destinata a essere molto più magica di quella che avrei passato sulla panchina del parco o su un divanetto nel salone.

La festa si concluse con spettacolari fuochi d'artificio. Dal giardino zampillarono fontane rosse, verdi e oro, e dal cielo una cascata di stelle scese sulle chiome degli alberi.

"È stata una serata veramente splendida, era tutto perfetto," disse Juliette salutando gli sposi. Erano quasi le tre, gli ultimi invitati se ne andarono, e anche noi salimmo a braccetto la scalinata che portava alla terrazza. Quando attraversammo il salone, recuperai la shopper di Assouline con il mio regalo, immaginando che lo sposo non lo avrebbe trovato di suo gradimento.

Arrivati nella hall con il pavimento a scacchi, ritirammo la mia borsa dallo *chef de réception*, che soffocò uno sbadiglio, poi raggiungemmo il secondo piano senza fare il minimo rumore, grazie alla spessa guida che rivestiva i gradini. Alla fine del corridoio, Juliette si fermò e prese la chiave dalla borsetta. Mi sorrise, entrammo, e la pesante porta si chiuse silenziosamente alle nostre spalle.

Ci sono notti che non si dimenticano. La prima notte con Juliette fu una di quelle. Una notte che avrei ricordato anche se fossi arrivato all'età di Monsieur Panama. Di più, che avrei ricordato fino all'ultimo respiro. Quando la vita mi sarebbe passata davanti agli occhi in un rapido susseguirsi di immagini, come si dice, alla fine avrei rivisto quella.

Avrei ricordato la luce della luna che rischiarava la stanza quando eravamo usciti sul piccolo balcone mano nella mano, l'immenso senso di pace, i baci scambiati sussurrandoci all'orecchio parole d'amore.

Avrei ricordato il momento in cui, in piedi di fronte a lei, le avevo recitato i versi di Prévert, accendendo tre fiammiferi uno dopo l'altro – *il primo per vederti tutto il viso / il secondo per vederti gli occhi / l'ultimo per vedere la tua bocca / e tutto il buio per ricordarmi queste cose / mentre ti stringo fra le braccia* –, e Juliette che mi guardava con gli occhi lucidi, si asciugava una lacrima sulla guancia e diceva che era la cosa più romantica che un uomo avesse fatto per lei.

Avrei ricordato la tappezzeria dorata con i gigli, la coppa di frutta sul tavolino basso davanti alla poltrona, le nostre dita intrecciate mentre ci avvicinavamo come in un sogno al letto con la trapunta azzurro cielo.

E Juliette, seduta come Titania, la regina delle fate, mentre mi porgeva un'albicocca che avevamo morso a turno senza smettere di fissarci, il cuore che batteva impazzito. Io che mi inginocchiavo, le sollevavo il vestito e sentivo il suo sapore. Lei che si lasciava cadere sul letto sospirando, i capelli una nuvola rossa, chiamandomi con un sorriso. Io che armeggiavo con la cerniera del corpetto che non si voleva aprire, e noi due insieme che tiravamo impazienti, ridendo, fino a quando il vestito era scivolato a terra con un fruscio di stoffa.

Avrei ricordato i suoi seni piccoli e rotondi sotto le mie mani, i capezzoli che avevo mordicchiato delicatamente, il ventre piatto che avevo coperto di baci, e di come mi ero tirato su per ammirare incantato quel corpo *en clair-obscur* pieno di promesse.

E avrei ricordato lei che mi attirava a sé mormorando "Vieni qui!" e chiudeva gli occhi inarcando il collo sottile, mentre diventavamo una cosa sola e dimenticavamo tutto il resto intorno a noi.

Non dormimmo, quella notte. Eravamo un uomo e una donna che avevano cercato una penna e un fuoco in una stanza al chiaro di luna, come nella vecchia canzone popolare, e per incanto avevano trovato altro.

Avevamo trovato noi stessi.

16.

Alla fine, albeggiava già, eravamo crollati. Mi svegliai con il braccio di Juliette sopra di me; si era rannicchiata contro la mia schiena, così vicina che sentivo il suo respiro sulla nuca. Lo spostai con cautela e mi tirai su, mentre lei si girava dall'altra parte, continuando a dormire. Le accarezzai i capelli arruffati e osservai con un sorriso i nostri vestiti sparsi sulla moquette. Che notte!

Il sole sbirciava impertinente da uno spiraglio tra le tende. Mi appoggiai ai cuscini, guardai fuori e riuscii a scorgere uno sprazzo di cielo azzurro.

Erano passate da poco le dieci e, nonostante mi sarei aspettato di essere a pezzi, dopo solo quattro ore di sonno e tutto quello che avevo bevuto la sera prima, in realtà stavo bene come non mi succedeva da tempo. Intrecciai le mani dietro la testa stiracchiandomi, poi guardai di nuovo Juliette con le guance arrossate nel sonno, e mi chiesi se anche il mio amico Paul avesse appena trascorso una notte incredibile come la mia. No, conclusi con un sorrisetto malizioso, non era possibile.

Juliette si mosse con un mugolio sommesso. Mi chinai per baciarle il collo, e mi accorsi che la desideravo ancora. Mi strinsi a lei, decidendo di svegliarla a modo mio.

"Mmm..." mormorò dopo un po', e si voltò verso di me. "Mi piace. Non è che mi daresti sempre il buongiorno così?"

Risi. "Pretendi troppo, mia cara, ma vedrò cosa posso fare." Mi lasciai ricadere sui cuscini sospirando felice e fissai il soffitto. "Sai di cosa avrei voglia adesso?"

"Non contare su di me," ridacchiò, tirandosi le lenzuola sopra il naso.

"Di un *café crème*, una spremuta d'arancia e un *croissant*."

"Oh sì! Ci sto!" Juliette riemerse dalle lenzuola.

Mentre ordinavo *le petit déjeuner* in camera, andò al balcone e aprì le tende. La luce inondò la stanza e dalla terrazza arrivarono le voci di altri ospiti, era una mattina bellissima e tranquilla.

Finché, mentre facevamo comodamente colazione a letto, a Juliette cadde lo sguardo sulla shopper di Assouline accanto alla poltrona.

"Cosa c'è lì dentro?" domandò, inzuppando un pezzetto di *croissant* nel *café crème*.

"Il mio regalo per Paul," risposi.

"Lo posso vedere?" Balzò giù dal letto.

"Certo, ma attenta quando apri la borsa."

Juliette sciolse con cura i nastri che la commessa aveva elegantemente legato intorno ai manici e tirò fuori il volume fotografico.

"*Travel by Design*," lesse.

"Sì, il mio amico è architetto."

Lei annuì, ammirando il libro in edizione di lusso. "Sembra splendido. Peccato che non lo abbia ricevuto."

"Già, peccato davvero. Però se lo avesse ricevuto..."

"...ora noi due non saremmo qui," terminò la frase. "È straordinario, no? Sbagli strada a un incrocio e succedono cose che non ti saresti mai aspettato."

A quelle parole mi venne in mente Mamie con le sue massime, e pensai che Juliette le sarebbe sicuramente piaciuta.

"Però peccato lo stesso," ripeté. "Il tuo amico si sarà chiesto perché non sei andato al suo matrimonio." Rimise il volume nella borsa, guardò meglio e disse: "E quello cos'è?".

"Quello cosa?"

Lei sollevò un cartoncino ripiegato e io lo fissai attonito.

Era l'invito al matrimonio di Paul e Marie.

Quella dannata partecipazione era sempre stata lì, nella shopper di Assouline, e a quel punto era inutile chiedersi come ci fosse finita. Sono ancora convinto che ce l'avesse messa Océane mentre litigavamo, forse per farmi un dispetto o forse solo nella foga del momento, non voglio dare la colpa a lei.

Comunque fosse, con il fortuito ritrovamento svanì la serena intimità di quella mattina soleggiata.

"Svelto, svelto!" mi spronò Juliette, mentre leggevo l'indirizzo riportato sul biglietto:

Château Sentout
Tabanac

Ricordavo di aver visto l'indicazione su un cartello, durante il mio peregrinare attraverso l'Entre-Deux-Mers. Se non altro era vero che il nome del castello iniziava con la S e quello del posto finiva con -ac.

"Santo cielo, non ci posso credere..." gemetti, passandomi la mano tra i capelli.

"Guarda!" esclamò Juliette, che aveva già preso il cellulare per cercare il paese. "È qui, vedi?" disse, sventolandomi il display sotto il naso. "Dista solo trentacinque minuti."

"Non ci posso credere..." gemetti di nuovo, lasciandomi cadere sui cuscini.

"Forza, Jean-Pierre, cosa aspetti?! Dobbiamo partire subito! Con un po' di fortuna, il tuo amico è ancora lì."

Erano le undici quando avevamo trovato la partecipazione, e alle undici e venti sfrecciavamo a rotta di collo lungo la strada di campagna sulla Mini verde di Juliette. Non mi ero mai vestito così in fretta in tutta la mia vita.

"Partenza a freddo, *hein*?" commentò, girandosi verso di me. Involontariamente mosse nella stessa direzione anche il volante, e la macchina sbandò a destra. Mi vedevo già dentro il fosso, ma all'ultimo secondo Juliette sterzò di scatto.

Facemmo il pelo a un'auto che arrivava nell'altro senso e che strombazzò frenetica.

"Per favore, Juliette!" Mi aggrappai alla maniglia sopra la portiera. "Guarda avanti!" Non mi sentivo sicuro, su quel giocattolino con i sedili talmente bassi che in pratica eri seduto a pochi centimetri dall'asfalto.

"Niente paura," rise lei, dandomi una pacca rassicurante sul ginocchio. "Ci passava un tir."

"Juliette!" la implorai. "Tieni le mani sul volante!"

Lei obbedì e accelerò.

"Non è necessario correre in questo modo."

"Dobbiamo sbrigarci, se vogliamo incontrare Paul." A quanto pareva, aveva l'intenzione di superare il record di velocità sulla tratta Pénissac-Tabanac.

"Se ci ammazziamo, non lo incontriamo di sicuro."

"Non dire sciocchezze. Non ci ammazzeremo," promise. "E poi ho un buon angelo custode," aggiunse con un sorriso.

Mi augurai che fosse vero. Entrammo in un'ampia valle tappezzata di vigneti a perdita d'occhio. La strada era tutta in discesa, e avevo lo stomaco sottosopra come sulle montagne russe. Se ne fossi uscito vivo, in futuro non sarei mai più salito su una macchina guidata da Juliette, per nessuna ragione al mondo. Scombussolato, abbassai il finestrino, inspirai una profonda boccata d'aria e chiusi gli occhi.

Nello stesso istante Juliette inchiodò. Mi ritrovai catapultato in avanti, la cintura di sicurezza mi si piantò tra le costole e spalancai gli occhi.

"*Sacré, Juliette!*" gridai. "Ma sei impazzita?"

Lei indicò qualcosa di rosso che passeggiava in mezzo alla strada, miagolando risentito.

"*C'est incroyable*," disse, sbalordita. "È il *tuo* gatto! Se non è un segno questo!"

"Un segno di cosa? Che finirò un'altra volta nel castello sbagliato?"

"No, che rivedrai Paul." Mi sorrise fiduciosa. "Ce la faremo!"

"Certo." Preferii non sottolineare che quella stupida bestia stava sfidando la sorte. Si era già giocata almeno due delle sette vite che le venivano accreditate.

Juliette ripartì in quarta, io mi puntellai sul sedile e pregai che arrivassimo sani e salvi a Tabanac. E che fosse la volta buona.

Dieci minuti dopo, la corsa della morte era giunta al termine: Juliette aveva coperto il tragitto fino allo Château Sentout in venti minuti scarsi.

"*Chapeau!*" mi congratulai, uscendo da quella trappola micidiale, sollevato di sentire di nuovo la terra sotto i piedi. "Saresti dovuta diventare pilota di Formula 1."

"Oh, grazie," replicò. "Ma l'ho fatto solo per te. Di solito non guido così."

Lo speravo caldamente, anche se le due volte che l'avevo vista al volante correva come una matta.

Lasciata la macchina, attraversammo il cancello che dava su un cortile centrale, intorno al quale erano disposti i vari edifici che formavano il complesso. Lo Château Sentout era molto più piccolo del maestoso castello a Pénissac. Era di un caldo giallo ocra con le persiane rosso scuro, e il panciuto torrione con il tetto a cono gli dava l'aspetto di una rocca medievale. I muri erano ricoperti di edera, e intorno alle volte si arrampicavano rose rosse e rosa. Il risultato era un insieme piuttosto eterogeneo, ampliato nel corso dei secoli con l'aggiunta di singoli elementi. Oltre alla torre circolare, visibile già dalla strada, sul lato opposto svettava una torretta quadrangolare che ricordava l'architettura italiana, mentre all'altra estremità della corte si apriva un patio nello stile delle *haciendas* spagnole.

Guidati dal tintinnio di posate e da un allegro brusio di voci, affrettammo il passo e trovammo gli invitati del matrimonio – o quello che ne rimaneva – riuniti per la colazione.

Alle travi in legno erano appesi nastri bianchi, e sui tavoli c'erano ancora i fiori della sera prima, che iniziavano a reclinare la testa.

Ci fermammo, e passai in rassegna gli ospiti che bevevano rilassati il loro caffè. Alcuni guardavano le foto degli sposi scattate durante il ricevimento, commentandole ammirati. Cercai con gli occhi un uomo moro e non tanto alto, ma Paul con c'era. Poi dall'ombra uscì una figura che aveva qualcosa di familiare.

Era Monsieur Gérard, il padre di Paul, che venne sorpreso verso di me.

"*Bonjour Monsieur Gérard,*" lo salutai sollevato. Ero davvero felice di vederlo.

"Santo cielo, Jean-Pierre! Eccoti, finalmente. Eravamo in pensiero per te."

"In pensiero per me? Come mai?" chiesi, senza capire.

"Ieri tua sorella ha telefonato qui al castello. Ha trovato il numero su internet. Voleva avvisarci che eri partito per venire al matrimonio, ma che probabilmente avresti fatto tardi perché non ricordavi l'indirizzo esatto. Dopo qualche ora ha richiamato perché non rispondevi al cellulare e voleva sapere se nel frattempo eri arrivato. Era molto agitata, temeva avessi avuto un incidente."

Mi osservò con attenzione. "Ti senti bene, figliolo? Sei pallido."

"Sì, sì, sto bene. Tutto a posto, sul serio. Ho solo un po' di nausea per via della macchina." Sorrisi imbarazzato, passandomi una mano tra i capelli. Non potevo certo immaginare che Laurence mettesse tutti in subbuglio. "Sono desolato, Monsieur Gérard. Non volevo farvi preoccupare."

"Dove sei stato finora?"

"Oh, ero... a un altro matrimonio... non lontano da qui. Ho sbagliato castello," farfugliai.

"Ah." Monsieur Gérard sembrava confuso. Guardò Juliette e sollevò le sopracciglia come per dire *Cherchez la femme!*, ma forse fu solo una mia impressione.

"Lei è Juliette Rivière." Esitai. "La mia... *fidanzata*."

Notai il sorriso divertito di Juliette, mentre stringeva la mano al padre del mio amico.

In quel momento, anche Madame Gérard attraversò in fretta il cortile. Aveva i capelli più corti, ma riconobbi subito il suo viso rotondo e gentile.

"Jean-Pierre! Dov'eri finito?" esclamò, leggermente trafelata. "Ci sei mancato. È stata una bellissima festa. Paul sperava tanto di vederti," mi rimproverò, e io arrossii.

"Non sa quanto mi dispiace," assicurai. "Ma mi dica..."

"Insomma, cos'è successo?" mi interruppe Monsieur Gérard.

Riflettei un attimo.

"Di tutto," risposi infine. "È una lunga storia, troppo lunga per raccontarvela adesso. Paul è ancora qui?"

Monsieur Gérard annuì. "Gli sposi stanno per andarsene, ma se vi sbrigate, dovreste fare in tempo." Indicò la parte posteriore del castello.

"Magnifico!" Poi mi venne in mente un'altra cosa. "Per curiosità, è bionda?"

"Chi?"

"La sposa."

Monsieur Gérard scoppiò a ridere di cuore. "Oh sì! Lo conosci, Paul. Marie è la ragazza più bionda del mondo."

Sì, conoscevo Paul, conoscevo eccome il mio vecchio amico. Sorrisi soddisfatto, presi per mano Juliette e corremmo sul retro, dove alcuni invitati facevano ala agli sposi.

Loro, emozionati, sorridevano da una Citroën 2CV bianca decorata con fiori e nastri che si era appena messa in moto. Al paraurti posteriore erano attaccate un paio di lattine e qualcuno aveva scritto *Just married* sul lunotto.

"Oh no!" gridò Juliette. "No, no, no! Presto, Jean-Pierre!" mi incitò. "Puoi ancora raggiungerli!"

Scattai in avanti più veloce che potevo e seguii la macchina per qualche metro. "Paul!" gridai con tutto il fiato che avevo in gola. "Aspetta! Paul!" Agitavo le braccia e saltellavo come un pazzo sperando che mi vedessero, ma i miei sforzi dovettero essere scambiati per una forma di commiato particolarmente esuberante.

Paul e Marie salutavano dai finestrini abbassati, mentre la macchina si allontanava sempre di più, felici di essere finalmente soli, e forse i loro pensieri erano già al viaggio di nozze che li attendeva.

A un certo punto mi arresi e li seguii con lo sguardo, finché la piccola *deux chevaux* scomparve tra i vigneti in una nuvola di polvere. In lontananza si udirono i rintocchi di un campanile.

Era mezzogiorno.

Juliette mi posò la mano sul braccio. Non mi ero accorto che mi avesse raggiunto.

"Che peccato, c'eri quasi," disse. "Se ne sono andati."

"Già, se ne sono andati."

"Io però sono qui."

Piegò la testa di lato e mi sorrise, e io pensai che più o meno ventiquattro ore prima ero partito da Parigi per andare al matrimonio del mio migliore amico.

Ventiquattro ore durante le quali avevo litigato con una bellissima ragazza e rischiato di investire un gatto, che mi aveva indicato un castello sbagliato che invece alla fine si era rivelato essere quello giusto.

Ventiquattro ore che avevano cambiato la mia vita.

"Sì, tu sei qui," ripetei.

Guardai Juliette, la mia incantevole svitata, che mi aveva insultato alla stazione di servizio, che aveva ballato la salsa con me al ricevimento, che ci aveva immortalati sul retro di un menu, che mi aveva baciato al chiaro di luna, che al volante era un pericolo pubblico e che non nascondeva mai le proprie emozioni.

La donna che amavo.

Era accanto a me e mi guardava raggiante, con quel sorriso tutto suo. Il sole le illuminava i capelli facendoli risplendere, facendo risplendere ogni cosa intorno a noi, e io seppi che avrei ricordato quel momento per sempre.

"Sei qui," dissi di nuovo, stringendola tra le braccia. "Sono l'uomo più fortunato del mondo."

Epilogo

Cher Paul,

ormai sono passate sei settimane da quando ti sei sposato, e in realtà avrei voluto scriverti molto prima. Non sono riuscito a venire al tuo matrimonio, nonostante abbia fatto tutto il possibile, credimi, per esserci e brindare con te all'amore, alla vita e alla nostra amicizia.

I tuoi genitori ti avranno sicuramente raccontato come è andata in quel giorno che ha cambiato la mia vita oltre alla tua, e mi ha regalato una felicità che non ho fatto niente per meritare. Spero chiuderai un occhio. Mi piacerebbe dirti che rimedierò la prossima volta, ma non voglio portarti sfortuna. Del resto avevo ancora un conto in sospeso con te, perciò tutto sommato siamo pari.

Naturalmente è stato stupido e imperdonabile da parte mia non aver controllato il percorso prima di partire. Ma come avrei potuto immaginare che non avrei più trovato l'invito, che mi si sarebbe rotta la macchina e scaricato il cellulare? La vita è piena di fattori imponderabili. E l'Aquitania è piena di castelli in cui si organizzano ricevimenti di nozze. Non è poi così difficile confondersi.

Alla fine il giorno dopo sono arrivato a Tabanac, ma solo per vedervi partire sulla deux chevaux *bianca. A proposito, ero l'idiota che saltellava e si sbracciava per attirare la vostra attenzione. Avrei tanto voluto rivederti, Paul. Da quanto ho saputo dai tuoi, il ricevimento deve essere stato splendido. Ma a prescindere da quello, avrei davvero voluto essere con te in un'occasione così importante, però il destino si è messo di impegno per mandare all'aria i miei piani.*

Che altro dire? Ero al posto giusto nel momento sbagliato, e a conti fatti è stata la cosa migliore che potesse capitarmi. Quindi, in un certo senso, sono felice di aver partecipato a un altro matrimonio anziché al tuo, altrimenti non avrei mai conosciuto Juliette, la donna che amo più di ogni altra cosa e che, per citare le tue parole, è diversa da tutte le altre. Prima o poi capita a tutti, amico mio, e meno male, aggiungerei.

Spero che abbiate trascorso un magnifico viaggio di nozze, tu e Marie. Dalla foto sul biglietto di ringraziamento che mi hai mandato sembra veramente splendida, e confesso che, se non ci fosse Juliette, te la invidierei. Ma niente paura: quei tempi sono finiti. Però sarebbe davvero bello rivederti e riallacciare la nostra vecchia amicizia. Qui c'è ancora il tuo regalo, penso che ti piacerà.

Visto che purtroppo mi sono perso il tuo matrimonio, che ne diresti di venire al mio? Io e Juliette ci sposiamo a settembre. Non in un castello dell'Aquitania, ma in una piccola casa di campagna con un giardino incolto e selvaggio a un'ora da Parigi. Allego partecipazione! Vieni, ho voglia di vederti, dopo tutti questi anni. Sono sicuro che saprai fare meglio di me.

A presto, allora!
Il tuo amico da sempre,
Jean-Pierre